Petermanns Chaos
Eva Joachimsen

Bibliografische Information der Deutschen Nationalbibliothek:
Die Deutsche Nationalbibliothek verzeichnet diese Publikation in der
Deutschen Nationalbibliografie; detaillierte bibliografische Daten sind
im Internet über http://dnb.dnb.de abrufbar.

Impressum
Eva Joachimsen
c/o Papyrus Autoren-Club,
R.O.M. Logicware GmbH
Pettenkoferstr.16-18
10247 Berlin.

Copyright © 2017 Eva Joachimsen
Alle Rechte vorbehalten
Covergestaltung: TomJay - bookcover4everyone / www.tomjay.de
Titelbild: © Photographee.eu - Fotolia.com
Herstellung und Verlag: BoD - Books on Demand, Norderstedt

ISBN: 9783743142060

Petermanns Chaos

Eva Joachimsen

Unangemeldeter Besuch
Kalle Harms, der Chauffeur des Firmenbusses, wartete ungewohnt geduldig auf seinen letzten Fahrgast. Normalerweise fuhr er los, wenn die Kollegen nicht pünktlich waren. Die Vorwürfe am nächsten Tag prallten an ihm ab, wie Regentropfen an seiner gewachsten Windschutzscheibe. Schließlich musste er den Zeitplan einhalten, damit die anderen ihren Anschlusszug erreichten. Bei Wilhelm Petermann musste etwas Schwerwiegendes vorgefallen sein, denn es war das erste Mal, dass er sich in siebenundzwanzig Jahren verspätete.

„Nun starten Sie doch endlich", knurrte Rother ungeduldig.

Harms sah im Rückspiegel, wie sich Rother vorbeugte, dabei spannte das Jackett, sodass der Knopf abzuspringen drohte.

„Ja, sonst verpassen wir unsere Bahn", stimmte Dr. Bräuer ein.

„Wir haben noch ein paar Minuten Zeit", beschwichtigte Harms. Er holte sein Fahrtenbuch hervor und machte Eintragungen. Seit achtundzwanzig Jahren fuhr er den Firmenbus bis zum Bahnhof. Die restliche Zeit machte er Botendienste. Die meisten Mitarbeiter behandelten Harms herablassend, schließlich war er in ihren Augen ein einfacher Arbeiter, deshalb fühlten sie sich berechtigt, ihm Anweisungen zu geben. So manche Kämpfe hatte er auszutragen gehabt, denn er unterstand ausschließlich dem Chef der Autoabteilung.

Petermann war nicht nur so pünktlich, dass angeblich nach ihm die Werksuhr gestellt wurde, sondern behandelte jeden, wirklich jeden, in der Firma korrekt und höflich. Natürlich war er stets akkurat mit Anzug und Krawatte gekleidet und seine gelichteten Haare lagen ordentlich gescheitelt in Reih und Glied.

„Können wir diesen Korinthenkacker nicht zurücklassen? Dann erlebt er wenigstens einmal in seinem Leben etwas Abenteuerliches", schlug Finn, der Auszubildende, vor. Sein Gesicht strahlte bei diesem Gedanken.

Allgemeines Gelächter belohnte seinen Vorschlag. Petermanns Umständlichkeit reizte alle und sorgte für reichlich Spott, den er stoisch ertrug. Nur Kalle Harms, der Pförtner und die Putzfrau waren dankbar, dass er sie genauso freundlich behandelte, wie die anderen Mitarbeiter und mochten ihn daher. Manchmal unterhielt Waltraut Müller sich mit ihm. Niemand nahm sich ansonsten Zeit, ihr zuzuhören. Sein Schreibtisch war immer aufgeräumt und ließ sich problemlos abwischen. Auch lag sein Müll im Papierkorb und nicht daneben wie bei den jungen Leuten im ersten Stock, die zu faul waren, jedes Mal aufzustehen, wenn sie etwas wegwerfen wollten.

Endlich erschien Petermann, ein untersetzter Mann mittlerer Größe. Ruhig, höchstens einen Tick schneller als üblich, lief er über den Hof.

„Mann, geben Sie Gas, wir schaffen es noch, bevor er hier ist", rief Finn. Doch Harms schien ihn nicht zu hören.

„Fünf Minuten zu spät", hielt Rother Petermann vor.

„Vielen Dank, Herr Harms, ich hatte ein dringendes Telefonat, es tut mir sehr leid", entschuldigte sich Petermann.

„Da gibt es nichts zu entschuldigen. Wir verpassen Ihretwegen die Bahn", knurrte Dr. Bräuer.

Petermann setzte sich wie üblich auf seinen Stammplatz hinter Kalle Harms, schaute auf die Armbanduhr und wandte sich an Rother. „Es sind nur vier Minuten und fünfzehn Sekunden."

„Was hätten Sie gemacht, wenn wir weg gewesen wären?", fragte Finn mit einem breiten Grinsen.

„Dann hätte ich trampen müssen", erwiderte Petermann ernsthaft.

„Ha, da habe ich also recht. Harms hat Ihnen das Abenteuer Ihres Lebens vermasselt." Finns Stimme überschlug sich vor Eifer.

„Herr Harms", korrigierte Petermann. Anschließend beachtete er Finn nicht weiter, sondern faltete wie gewohnt die Zeitung auseinander. So vermied er es, in das Firmengetratsche hineingezogen zu werden. Obwohl er zu lesen versuchte, kehrten seine Gedanken zum Telefonat zurück.

Seine Schwester hatte überraschend angerufen. Aus der konfusen Erzählung entnahm er, dass sie sich von ihrem Mann getrennt hatte und sich vorübergehend, bis sie etwas Besseres gefunden hätte, bei ihm einquartieren wollte. Wie Lydia mit ihren drei Kindern in seine kleine Zwei-Zimmer-Wohnung passen sollte, überstieg sein Vorstellungsvermögen. Sie würden sein ganzes Leben durcheinanderbringen. Lydia fragte ihn, typisch für sie, überhaupt nicht, ob er mit dem Überfall einverstanden wäre, sondern teilte ihm nur mit, dass sie am Bahnhof stände und ihn von der Firma abholen wolle. Erschrocken hatte sich Petermann gewehrt und vorgeschlagen, sie solle bei McDonalds essen und dann mit einer Taxe zur Wohnung fahren. Er würde ihr die Auslagen ersetzen. Mit Grausen dachte er an die kommenden Tage. Wie sollten die bloß werden, wenn die Woche schon so anfing? Aber er konnte doch nicht so ehrlos sein und seine kleine Schwester vor der Tür stehen lassen! Da er überhaupt keine Phantasie besaß, sah er keine andere Lösung des Problems.

Am Bahnhof stieg er aus und ging gedankenschwer den gewohnten Weg. Als er von der Goethe-Allee in die Schillerstraße bog, prallte er fast zurück. Bereits von weitem erkannte er seine Schwester. Sie stand vor einer Taxe und gestikulierte lebhaft. Laut schallte ihre Stimme zu ihm. Schrill schmerzte sie in seinem Ohr. Um Lydia herum lag Gepäck verstreut. Eine alte Dame mit Gehwagen musste auf die Straße ausweichen, weil sie auf dem Bürgersteig nicht mehr durchkam. Wilhelm überwand seinen Unmut und eilte tapfer hinzu.

Lydia balancierte auf hohen Absätzen zwischen dem Gepäck. Aber selbst ihr knapper Minirock und das enge, tief ausgeschnittene Top unter dem geöffneten Blazer bezirzte den Chauffeur nicht. „Also, bezahlen Sie mich nun oder soll ich die Polizei rufen?", grollte der Fahrer, als Wilhelm in Hörweite war.

„Warten Sie bitte noch etwas, mein Bruder muss jeden Augenblick kommen", versuchte Lydia, ihn zu vertrösten. Den fast zweijährigen Sascha hielt sie an der Hand. Der Junge weinte, sein Mund war weit aufgerissen, das Gesicht sah zerknautscht aus und die blonden Haare waren verstrubbelt. An der Hauswand schrie das Baby im Kinderwagen und davor stand der Hund und jaulte. Nur der vierjährige Nico sah zufrieden aus. Er hatte sich einen Ast genommen und malte auf die Heckklappe des Autos.

Als Lydia aufsah, entdeckte sie ihren Bruder. „Ach, da bist du ja endlich." Sie fiel ihm um den Hals und küsste ihn rechts und links auf die Wangen.

Mühsam befreite sich Wilhelm. „Ich habe gesagt, ich bin 17.14 Uhr zu Hause, schau auf die Uhr. Ich bin pünktlich." Dann trat er einen Schritt vor, nahm Nico den Ast weg und den Jungen an die Hand. „Wenn du nicht so ungeduldig gewesen und vorzeitig hergekommen wärst, wäre diese peinliche Situation nicht eingetreten", wies Wilhelm seine Schwester zurecht.

Anschließend wandte er sich dem Taxifahrer zu. „Entschuldigen Sie bitte, was bekommen Sie?"

„Inzwischen achtzehn Euro fünfzig", erwiderte der Chauffeur entnervt.

Mit einem besorgten Blick auf die Taschen und Koffer, den Kinderwagen mit seinem schreienden Inhalt, den bellenden Hund, den Nico inzwischen an der Leine hielt und das Katzenkörbchen zog Wilhelm einen Fünfzigeuroschein aus dem Portemonnaie. „Können Sie uns beim Hochtragen helfen?", bat er.

„Bis wohin?" Misstrauisch schaute der Fahrer die Fassade empor.

„Nur in den ersten Stock. Es würde dann so stimmen."

„Aber Wilhelm ...", fiel Lydia ein. Mit einer Handbewegung warf sie ihre langen, blonden Haare nach hinten.

„Sind Sie so freundlich?" Er lächelte den Fahrer an.

„In Ordnung." Der Chauffeur grapschte nach dem Schein und verstaute ihn. Dann schnappte er sich zwei Koffer und lief los. Lydia drückte ihrem Bruder den Katzenkorb in die Hand.

„Ich wollte die Reisetaschen nehmen", wandte er ein.

„Nein, zuerst die Katze und der Hund", bestimmte Lydia.

Gehorsam eilte Wilhelm mit dem Katzenkorb, einer Reisetasche und seinem Aktenkoffer beladen zur Wohnung. Nico stolperte mit dem Hund an der Leine hinter ihm her. „Nicht so schnell, Onkel Willy", japste er.

Auf dem Absatz begegnete Wilhelm dem Taxenfahrer, der die Koffer einfach mitten auf dem Treppenabsatz stehen gelassen hatte.

Wilhelm setzte die Tasche ab und suchte den Schlüssel. Doch bevor er das Schloss aufschließen konnte, musste er erst einmal Nico, der ihn erreicht hatte und vor der Tür wartete, wegschieben.

Inzwischen kam der Fahrer erneut, drängte den Hund mit dem Fuß zur Seite und ließ zwei Reisetaschen und die Windeltasche neben dem anderen Gepäck fallen.

„Den Kinderwagen schaffen Sie bestimmt alleine. Ich fahre dann." Bevor Wilhelm antworten konnte, verschwand er.

„Müssen Sie den Fluchtweg versperren, unerhört", schimpfte Herr Koch aus dem dritten Stock. Er stand auf der letzten Stufe und konnte nicht weitergehen, weil der Podest vollgestellt war. Zwischen dem Gepäck stand Nico und hielt den Hund eisern fest, der herumwuselte und sich in der Leine verheddert hatte.

„Sie können doch nicht einfach alles hier abladen. Das ist eine Unverschämtheit", giftete Herr Koch. Sein Gesicht färbte sich mehr und mehr. An der Schläfe trat eine Ader hervor.

Als Antwort bellte Hannibal aufgeregt und überschlug sich fast. In einer Hand hielt Wilhelm noch immer den Korb mit der fauchenden Katze, mit der anderen versuchte er verzweifelt den Schlüssel ins Schloss zu stecken. „Entschuldigen Sie bitte, ich räume sofort auf." Er versuchte, so souverän zu wirken, wie es mit einem an seinem Arm zerrenden kleinen Jungen ging. Natürlich dauerte es ziemlich lange, bis er die Tür geöffnet hatte.

Hastig schob er eine Tasche mit dem Fuß in den kleinen Flur. Dadurch verlor der Berg seinen Halt und rutschte ab. Wilhelm sprang vor und verhinderte im letzten Augenblick, dass ein unförmiger Beutel die Treppe hinunterstürzte. Allerdings fielen zwei Äpfel und einige Butterkekse heraus und mussten wieder eingesammelt werden. Endlich hatte er eine Schneise für den Nachbarn freigemacht.

„Und ich habe Sie bisher für rücksichtsvoll gehalten", murmelte Herr Koch, als er vorbeiging.

Wilhelm verteilte das Gepäck in der Wohnung. Einen Teil brachte er gleich ins Schlafzimmer. Dabei stolperte er über die Hundeleine. Beim Versuch das Gleichgewicht mit ein paar Schritten zurück zu gewinnen, trat Wilhelm auf eine Reisetasche und fiel hin. Im Fallen schlug er mit dem Kopf gegen die Wohnungstür. Hannibal jaulte laut auf. Er selbst verbiss sich einen Fluch.

Nico kletterte über einen Koffer und den Katzenkorb zu ihm, Hannibal folgte und leckte ihm übers Gesicht.

Wilhelm schob den Hund, eine Straßengrabenmischung mit viel Terrier, entsetzt von sich.

„Nico, geh in die Küche", befahl er.

Nachdem er das gesamte Gepäck im Flur und Schlafzimmer gestapelt hatte, eilte er wieder hinunter.

„Musstest du dem Kerl so viel Geld geben? Der hat mich vielleicht angemacht! Wir hätten die Sachen auch allein hochtragen können", empfing Lydia ihn.

„Wolltest du hier noch länger stehen? Du hast dich bereits zum Schauspiel der Straße gemacht", wies Wilhelm sie zurecht. Sein Kopf pochte. Er spürte, wie die Beule wuchs. Nur mit Mühe beherrschte er sich. Dabei geriet er höchst selten in Wut.

„Wieso?", fragte Lydia ahnungslos.

Kaum merklich nickte Wilhelm nach links oben.

Lydia drehte sich um und schaute hoch. Im zweiten Stock des Nachbarhauses bewegte sich eine Gardine.

„Unsere alte Jungfer beobachtet alles genau."

Spontan hob seine schreckliche Schwester den Arm, winkte und warf Kusshändchen. Dabei funkelten ihre blauen Augen und Lachfältchen verzauberten ihr Gesicht.

„Lydia, das reicht! Benimm dich nicht so provozierend."

„Wer benimmt sich peinlich? Ich oder die Alte?" Sie lachte ihren Bruder an. „Sei doch nicht ständig so spießig."

„Was machen wir mit dem Kinderwagen? Im Hausflur ist kein Platz, oben bei mir in der Wohnung aber auch nicht", wechselte Wilhelm das Thema.

Lydia krauste die Stirn.

„Anna-Lena muss darin schlafen. Wir bräuchten nur das Oberteil. Das Fahrgestell kann in den Keller."

„Gut, dann tragen wir das Baby hoch, und ich hole den Schlüssel."

Sie lösten die Sicherungen und jeder griff sich einen Gurt von der Tragetasche.

Als Wilhelm das Fahrgestell hinunter trug, überlegte er, ob er Hund und Katze nicht ebenfalls in dem Verschlag unterbringen könnte. Aber Lydia würde es nie zulassen, sie liebte ihre Tiere abgöttisch. Allein der Vorschlag hätte einen Wutanfall bei ihr ausgelöst und bestimmt sein Porzellan reduziert. Gerade jetzt würde er alle Teller und Tassen benötigen.

Schwer atmend stieg er die Treppe hoch. Erschöpft ließ er sich in den Lehnsessel fallen.

„Vorsicht, Cleo", schrie Lydia entsetzt auf.

Doch die Katze hatte die Gefahr rechtzeitig erkannt und war über die Rückenlehne auf den Schrank geflüchtet. Dort hockte sie und fauchte Wilhelm an.

Sein Hinterkopf brannte. Langsam breiteten sich Kopfschmerzen aus. „Hättest du den Zoo nicht bei Horst lassen können?", fragte er mürrisch.

„Diesem Unmenschen? Der kümmert sich überhaupt nicht um Hannibal und Cleo. Der würde sich freuen, wenn sie verhungerten."

„Horst hat erheblich mehr Platz. Die Tiere haben es dort viel schöner", stellte Wilhelm fest. Er schloss die Augen und tastete vorsichtig die Beule ab.

„Nein, das sind meine Lieblinge, die überlasse ich ihm nicht." Lydia funkelte ihn böse an.

„Hast du überhaupt kein Geld mit?" Er öffnete die Augen wieder, erblickte auf der schwarzen Hose Tierhaare. Einzeln las er sie ab. Diese schwarz-braune Katze hatte so langes Fell, dass sie sich nicht mehr selbst pflegen konnte. In Wilhelms Augen wäre ihre beste Verwendung ein Pelzmantel gewesen. Aber als er es einmal im Scherz geäußert hatte, bekam Lydia einen entsetzlichen Wutanfall. Nur dem Eingreifen seines Schwagers verdankte er es, dass sie ihn nicht an

Heiligabend mitten in der Nacht hinausgeworfen hatte.

„Nein, meine Scheckkarte liegt irgendwo in der Reisetasche. Mein restliches Geld habe ich für die Taxe zum Bahnhof, die Fahrkarte und die Hamburger ausgegeben. Zum Glück fahren die Kinder umsonst mit", erklärte Lydia und schlug ihre langen, schlanken Beine übereinander.

„Ich finde es erstaunlich, dass du es mit den Kleinen, nebst Tierpark und und deinem halben Hausstand bis hierher geschafft hast."

„Oh, das war gar nicht schwierig. Meine Taxe hielt genau vor der Bahnhofsmission und die Leutchen halfen mir in den Zug. Und in meinem Abteil war ein sympathischer junger Mann, der mir beim Aussteigen half und mir einen Kofferkuli besorgte."

Lydia fand immer hilfsbereite Menschen, stellte Wilhelm erbost fest. „Dadurch hat er dann leider seine Bahn verpasst", riet er.

„Nein, nein, er ist noch schnell in das letzte Abteil gesprungen, bevor sich die Türen schlossen."

Wilhelm schüttelte fassungslos den Kopf. Wie sollte es jetzt bloß weitergehen? „Wie stellst du dir die Zukunft vor? Du kannst nicht hierbleiben, dafür ist die Wohnung zu klein."

„Zurück gehe ich auf keinen Fall. Ich lasse mich scheiden. Ich hätte nie heiraten dürfen, das war ein großer Fehler", ereiferte sich Lydia und ballte die Fäuste.

„Was ist denn passiert? Du hast mir am Telefon nur erzählt, wie gemein Horst ist, aber nicht, was los war." Wilhelm lehnte sich zurück und versuchte zu entspannen.

„Oh, er hatte versprochen, auf die Kinder aufzupassen, damit ich mit Sybille einen Wochenendausflug machen kann. Wir hatten am Freitag Klassentreffen und sie hatte mich eingeladen, weil es zu weit ist, um abends noch zurückzufahren. Am nächsten Tag wollten wir eine Ausstellung besuchen und im Solebad schwimmen und saunen. Monatelang habe ich mich darauf gefreut und dann verdirbt mir Horst alles. Am Freitagnachmittag geht er Tennis spielen, sodass ich zu spät wegkomme. Statt mit Sybille ein Weilchen zu klönen, mussten wir gleich zu dem Treffen fahren. Und dann musste Horst gestern in die USA fliegen, und wir konnten uns keinen schönen Tag machen, weil ich zurückmusste. Während Horst sich in New York amüsiert, soll ich daheim sitzen und die Kinder hüten", sprudelte Lydia hervor.

„Was macht er als Anwalt in Amerika?"

„Oh, der ist zu einem Kunden geflogen. Eigentlich sollte sein Partner hin, aber der ist krank geworden." Lydia streifte die Schuhe ab und ließ sie mitten im Raum liegen.

„Aber dann ist Horst beruflich weg", stellte Wilhelm klar.

„So wichtig ist es nicht. Wenn er erst heute geflogen wäre, hätte ich meine Freundin besuchen und ihn trotzdem begleiten können. Die Kinder freuen sich, wenn sie bei der Oma sind." Sie lockte die Katze vom Schrank herunter, nahm sie auf den Arm und schmiegte ihr Gesicht ins Fell. „Wenn er seine Mutter wenigstens gefragt hätte, ihm schlägt sie nie etwas ab. Aber mir hat sie gleich gesagt, das geht nicht, es wird ihr zu viel. Dabei sind das ihre einzigen Enkel."

„Meinst du nicht, dass es ihr tatsächlich zu anstrengend ist? Immerhin ist sie schon Ende siebzig."

„Oh, die ist fit wie ein Turnschuh. Ihr Garten sieht wie geleckt aus, den macht sie, bis auf die Hecke schneiden und Bäume fällen, ganz allein. Außerdem verreist sie laufend. Israel, Malta, Norwegen, da ist sie ganz rüstig, aber wenn sie mir einen Gefallen tun soll ...", jammerte Lydia. Tränen traten in ihre Augen.

Wilhelm schaute weg. Lydias Tränen hatte er nie widerstehen können.

Nico probierte gerade die Knöpfe der Musikanlage aus.

„Nico, würdest du bitte die Geräte in Frieden lassen. Sascha, lass die Bücher im Regal", befahl Wilhelm streng.

Vor Schreck suchten die Kinder bei ihrer Mutter Schutz.

Wilhelm drehte sich wieder zu Lydia. „Also ich finde, deine Kinder jetzt schon anstrengend, und ich bin dreißig Jahre jünger als deine Schwiegermutter."

„Du bist auch nicht normal mit deinem Ordnungsfimmel. Entspanne dich und sieh es locker."

„Weißt du, wie teuer die Anlage war? Das ist kein Kinderspielzeug und meine Bücher sind wertvolle Bände. Zum Glück stehen die kostbarsten hinter verschlossenen Türen", stöhnte Wilhelm. Vorsichtshalber stand er auf, zog sämtliche Schlüssel ab und legte sie auf den Schrank.

„Sei nicht dauernd so materiell. Ein Kind ist viel wichtiger als deine dummen Bücher." Lydia schüttelte den Kopf.

„Deshalb zerreißt du die Familie. Wie soll es jetzt weitergehen?" Wilhelm nahm den Pantoffel, warf und traf Hannibal, der vom Teppich losließ und jaulend unter das Sofa flüchtete.

„Die beiden Räume sind viel zu klein für fünf Personen plus Viehzeug. Vielleicht solltest du lieber ein Hotel nehmen", schlug er vor.

„Dort fliegen wir in kürzester Zeit hinaus", stellte Lydia ungerührt fest.

Wilhelm lachte. „Das befürchte ich auch, aber ich soll es aushalten!"

Cleo sprang von Lydias Schoß, stolzierte zum Sofa und wetzte dort die Krallen. Wilhelm zog das örtliche Telefonbuch aus dem Regal und warf es nach dem Kater. Leider traf er die Bodenvase, die krachend zerbrach. Fauchend kletterte Cleo die Gardine hoch, wobei er Ziehfäden auf dem teuren Stoff hinterließ.

Lydia brach in lautes Gelächter aus.

„Kannst du nicht wenigstens deine Tiere erziehen?" Wilhelm stand auf, sammelte die Scherben ein und brachte sie zum Mülleimer in der Küche. Als er zurückkam, krabbelte Sascha auf dem Boden herum und steckte sich das Kabel der Stehlampe in den Mund. Nico pulte an der Tapete. Nur der Kater hing noch am Vorhang. Lydia kümmerte sich um nichts, deshalb sah sich Wilhelm gezwungen, Sascha das Kabel aus dem Mund zu ziehen und Nico einen Klaps auf die Finger zu geben. Von Cleo ließ er ab, aus Angst er könnte die Gardine ganz zerfetzen.

„Das ist alles kein Problem. Ich gehe mit den Kindern ins Schlafzimmer. Anna-Lena schläft im Kinderwagenoberteil, gleich morgen kaufe ich für sie ein Bettchen und die Jungen liegen auf Luftmatratzen." Als sie Wilhelms zweifelndes Gesicht sah, rief sie: „Hast du etwa keine Lumas? Na, dann schlafen sie eben auf Decken, bis ich alles Fehlende besorgt habe. Du behältst das Wohnzimmer für dich und pennst auf dem Sofa." Lydia organisierte gern. Leider war ihre

Begeisterung größer als die Begabung und das Durchhaltevermögen, wie Wilhelm wusste. Mit Vorliebe ließ sie praktische Belange außer Acht.

„Das Sofa ist zu klein. Außerdem habe ich nicht genug Decken", erwiderte Wilhelm.

„Stell dich nicht so an. Ein paar Tage wird es schon gehen. Die Tiere werden wohl mit dem Flur vorliebnehmen müssen." Lydia stand auf und inspizierte ihn. Anscheinend war sie mit dem Ergebnis zufrieden.

„Bleibst du länger?", fragte Wilhelm schwach.

„Nur, bis ich eine Wohnung gefunden habe. Das kann nicht lange dauern, nach dem Frühstück mache ich mich auf die Suche", antwortete Lydia optimistisch.

Wilhelm entdeckte zwei weitere Scherben unter dem Sessel, kniete sich davor und hob sie auf. In dem Augenblick sprang Cleo von oben auf seinen Rücken. Vor Schreck richtete er sich auf. Der Kater fuhr bei dem Versuch, sich festzuhalten, seine Krallen aus und zerkratzte ihn. Er biss die Zähne zusammen und tastete, so gut es ging, die Stelle ab. Schließlich ging er ins Bad und zog sein Hemd aus. Es hatte ein paar Löcher und war blutig. Deshalb drehte und wendete er sich vor dem Spiegel.

„Toller Schlangentanz! Die Kratzer sind nicht so schlimm, die heilen wieder. Lydia stand in der Tür und grinste.

„Hast du wenigstens etwas zum Desinfizieren?" Da er nicht damit rechnete, wühlte er in seinem Schrank und fand sogar eine uralte Flasche Jod. Damit tupfte Lydia ihm den Rücken ab.

Nico erschien. „Ich habe Hunger!" Er griff nach dem Arm seiner Mutter und zerrte daran. Dadurch verschüttete sie den Inhalt der Flasche. Wilhelm schrie auf. Das braune Zeug lief den Rücken hinunter auf die

Hose und tropfte auf die Badematte. Bekümmert schaute er sich den Schaden an.

„Du hast doch gerade erst deinen Hamburger verdrückt." Lydia stellte die leere Flasche auf das Waschbecken.

„Der hat nicht geschmeckt." Nico war gnadenlos wie alle Kinder.

„Was bietest du uns an?", fragte Lydia.

Wilhelm schüttelte den Kopf.

Sie drehte sich um und kontrollierte seinen Kühlschrank. „Auf Vorrat kaufst du wohl nie?", bemerkte sie spitz.

Wilhelm zog sich ein frisches Hemd an, dann folgte er ihr in die Küche und holte den Staubsauger aus einem Schrank. „Ich lebe allein. Mit einer Invasion hatte ich nicht gerechnet. Wenn du dich rechtzeitig angekündigt hättest, könnten wir jetzt essen", antwortete er resigniert.

„Ich besorge schnell etwas." Lydia lief zur Wohnungstür.

„Und die Kinder?", rief Wilhelm hinterher. Aber sie antwortete ihm nicht. Krachend fiel die Tür ins Schloss.

Wilhelm wird gerettet
Geschockt ließ sich Wilhelm auf einen Küchenstuhl sinken. Typisch Lydia. Wie sollte er als Junggeselle seine Neffen beschäftigen? Er hatte weder Ahnung von Kindern, noch Spielzeug im Haus. Sonst sah er sie zu Weihnachten und den Geburtstagen. Da waren sie fast die ganze Zeit mit ihren Geschenken beschäftigt und halbwegs friedlich. Darüber war er immer recht froh, denn die übrige Zeit nervten sie mit Sonderwünschen oder Wutanfällen, wenn die Wünsche nicht sofort erfüllt wurden.

„Onkel, spielst du Fußball mit mir? Liest du vor?" Und wenn der Onkel nicht auf der Stelle reagierte, schrien sie sich die Kehlen wund. Es kam auch vor, dass er Nico vorlas, während Sascha tobte, weil Wilhelm mit ihm eine Burg aus Holzbausteinen bauen sollte. Bei den Mahlzeiten konnten sich die Erwachsenen kaum unterhalten, da Lydia die Kinder ermunterte zu erzählen, ohne Rücksicht auf die übrigen Gäste bei Tisch. Und jetzt war er diesen Ungeheuern alleine ausgesetzt.

Sein Blick fiel auf den Staubsauger. Die Scherben! Er sprang hoch, holte die Splitter aus dem Badezimmer, wo er sie aus der Hand gelegt hatte, warf sie in den Mülleimer und saugte den Teppich gründlich. Hannibal verzog sich jaulend in die Küche. Cleo sprang vom Sofa über die Anrichte auf den Schrank und beobachtete ihn. Wilhelm hatte das Gefühl, gleich würde der Kater von oben angreifen, ihm wieder in den Nacken springen. Nachdem er den Ohrensessel und das Sofa gründlich von den Katzenhaaren befreit hatte, fiel sein Blick auf Sascha, der an den glänzenden Knöpfen der Stereoanlage drehte.

„Nein, Sascha, lass die Musikanlage in Ruhe", sagte er so scharf, dass der Junge erschrocken aufhörte und unter den Tisch flüchtete.

„Onkel Wilhelm, ich habe Hunger", jammerte Nico.

„Du hast doch gerade etwas gegessen." Wilhelm musterte den Neffen wie ein lästiges Insekt.

„Ich habe trotzdem Hunger", schluchzte Nico.

„Na, komm, dann suchen wir etwas Essbares." Wilhelm nahm ihn an die Hand und marschierte in die Küche.

„Magst du ein Käsebrot?"

„Iiii, Käse." Nico schüttelte sich und weinte lauter.

„Magst du Schinken?"

Nico schüttelte den Kopf. „Ich will Leberwurst."

„Die habe ich nicht. Aber wie wäre es mit Marmelade?"

Plötzlich versiegten die Tränen und Nico strahlte. „Ja, Marmeladenbrot."

Schnell strich Wilhelm eine Scheibe und Nico langte zu. Er verschlang sie in kürzester Zeit und verlangte eine weitere. Sein Onkel staunte, wie eine kleine, zarte Gestalt solche Mengen verdrücken konnte.

Jetzt schrie Sascha. Wilhelm ließ Nico in der Küche und kniete sich vor den Couchtisch.

„Sascha, komm bitte raus", lockte er.

Aber Sascha brüllte nur: „Mama, Mama."

„Komm zu uns in die Küche." Der Junge brüllte weiter.

„Mama ist gleich wieder da. Nachher bauen wir euch ein schönes Bett. Soll ich vor dem Schlafen etwas vorlesen?" Das Weinen wurde lauter.

Wilhelm versuchte es mit einem Kinderlied.

Sascha ließ sich einfach nicht beruhigen.

„Möchtest du ein Marmeladenbrot?", probierte Wilhelm. Sascha weinte weiter. Jetzt fing auch noch Anna-Lena im Schlafzimmer an zu schreien.

Wilhelm holte sie aus dem Wagen und nahm sie auf den Arm. Aber ihr Brüllen verstärkte sich. Hannibal jagte aufgeregt bellend durch die Wohnung. Schließlich sprang er, weiter laut kläffend, an Wilhelm hoch. „Sch, sch, still", wies Wilhelm den Hund zurecht. Vergeblich. Natürlich wusste er genau, dass Lydia den Hund nicht erzog. Hannibal hatte bisher nie pariert. Er schaukelte das Baby und lief im Schlafzimmer hin und her. Sein Gesicht verfärbte sich rot. Feine Schweißperlen bildeten sich auf Stirn und Nase. Wie konnte Lydia ihn bloß mit ihren Bälgern allein lassen? Er verstand jetzt, warum Eltern ihre Kinder zu den Großeltern oder Tagesmüttern abschoben. Dieses Geschrei hielt niemand aus.

Als etwas an seiner Hose zerrte, schaute er hinunter. Nico versuchte, seine Aufmerksamkeit zu wecken.

„Du Onkel, an der Wohnungstür ist jemand", sagte er.

„Hast du einfach aufgemacht?", fragte Wilhelm entsetzt.

Nico nickte. „Es hat ganz lange geklingelt, und du bist nicht hingegangen. Jetzt ist Hannibal weggelaufen", erklärte Nico lapidar.

„Nicht auch noch", stöhnte Wilhelm. Insgeheim hoffte er, dass der blöde Köter auf der Straße überfahren wurde, und er ein Problem weniger hatte.

„Herr Petermann, entschuldigen Sie, dass ich so einfach eindringe, aber vielleicht kann ich Ihnen helfen?" Frau Beierlein, eine alte Dame mit grauen, dauergewellten Haaren und Kittelschürze, lugte vorsichtig durch die Schlafzimmertür. Bisher hatte Wilhelm die ruhige Frau Beierlein aus dem Erdgeschoss kaum beachtet. Trafen sie aufeinander, dann begrüßten sie sich und wechselte ein paar Worte über das Wetter. Zu mehr reichte Wilhelms Interesse an den Nachbarn nicht.

„Meine Schwester ist schnell einkaufen, aber jetzt schreien alle gleichzeitig. Und ich kann sie nicht beruhigen."

„Na, geben Sie mir mal das Baby und versuchen Sie, den Hund einzufangen. Vielleicht schaffen wir es ja zu zweit." Frau Beierlein kommandierte freundlich, aber bestimmend. Sie nahm Wilhelm das Kind ab, ohne auf eine Antwort zu warten.

Anna-Lena hörte sofort auf zu schreien. Erleichtert, wenigstens diese Verantwortung abgeben zu können, flüchtete Wilhelm aus der Wohnung.

Zum Glück war die Haustür im Erdgeschoss geschlossen, und Hannibal stand wütend bellend davor. Durch das Hundegekläff hörte Wilhelm oben etwas scheppern, aber dann konzentrierte er sich auf den Hund. Da der kein Halsband trug, konnte er ihn nicht greifen und das Biest lieferte ihm eine wilde Schlacht, bis er ihn endlich einfangen konnte und nach oben trug.

Aus der Wohnung klangen nur leise Stimmen.

„Wie haben Sie die Kinder zur Ruhe gebracht?", fragte er erstaunt und beobachte, wie Frau Beierlein das Baby auf dem Couchtisch wickelte.

„Anna-Lena hatte eine volle Windel und Hunger. Nico hat mir gezeigt, wo die Babysachen sind. Ich habe schon Wasser für das Fläschchen aufgesetzt. Können Sie es, wenn es kocht, einfüllen? Sie brauchen es dann nur noch zu schütteln. Aber erschrecken Sie nicht, wenn Sie Ihre Küche betreten. Ich helfe Ihnen nachher beim Aufräumen", erklärte sie gelassen.

„Und Sascha?"

„Oh, der fremdelt nur und hat seine Mama vermisst. Aber einstweilen begnügt er sich mit Nico."

Gehorsam ging Wilhelm an die Arbeit. Trotz der Warnung prallte er an der Tür zurück. Seine säuberlich aufgeräumte Küche sah aus, als hätte ein Tornado gewütet. Töpfe, Schüsseln, Bestecke, Eimer, Geschirrtücher und Kartoffeln lagen breitflächig verteilt. Eine rote Spur zog sich über die Schränke und den Fußboden. Als er sich jetzt vorsichtig in der Schneise bewegte, die Frau Beierlein mit ihrem Fuß gebahnt hatte, musste er aufpassen, nirgends kleben zu bleiben. Das Wasser kochte bereits über, als er endlich den Herd erreichte. Natürlich waren auch die Topflappen verschwunden. Suchend schaute er sich um und angelte schließlich das Geschirrtuch unter einer Bratpfanne hervor. Bei dem Versuch, das Wasser in die Flasche zu füllen, kippte sie um. Aber es lief nur ein bisschen aus. Wenigstens hatte er sich nicht die Hände verbrüht. Nachdem er das Fläschchen zugeschraubt hatte, stellte er fest, dass zu wenig Flüssigkeit drinnen war. Das meiste war daneben geflossen. Aber dieses eine Mal musste es eben reichen. Energisch schüttelte er es.

„Darf ich auch mal?", fragte Nico von der Tür aus und lief zu ihm, ohne Rücksicht auf Kartoffeln und Töpfe zu nehmen.

„Pass doch auf", herrschte Wilhelm ihn an. „Was ist hier eigentlich passiert?"

Trotzig schaute Nico ihn an. „Weiß nich'", antwortete er.

„Aber ich weiß es. Vorhin war die Küche noch aufgeräumt und jetzt sammelst du alle Kartoffeln ein und tust sie in den Eimer. Aber tritt nicht vorher auf sie", befahl Wilhelm.

Nico zuckte zusammen. Einen solchen Ton war er nicht gewöhnt. Seine Mutter ließ ihn seine Schandtaten jederzeit durchgehen. Unschlüssig blickte er zum Boden. Gerade als er sich davonschleichen wollte, hielt ihn die Stimme seines Onkels zurück. „Na, wird es bald?" Wilhelm war über sich selbst erstaunt, so energisch trat er sonst nie auf. Aber die Verwüstung hatte ihn zutiefst getroffen.

Er brachte Frau Beierlein die Flasche und half dann Nico. Bald gesellte sich Frau Beierlein mit einem Putzlappen dazu und die Küche sah wieder wie vorher aus.

„Wie wollen Sie alle unterbringen?", erkundigte sie sich.

Hilflos zuckte Wilhelm mit den Achseln.

„Haben Sie Luftmatratzen? Und ausreichend Decken?"

Wilhelm schüttelte den Kopf. „Natürlich nicht."

„Ihre Schwester hat Sie wohl überrascht", stellte Frau Beierlein fest. „Ich habe auf dem Boden ein paar Ersatzdecken und Luftmatratzen. Wollen Sie die haben?"

„Gern", meinte Wilhelm. Er sah so erleichtert aus, dass Frau Beierlein lachte. Sie setzte die Kinder und

Tiere vor den Fernseher, dann ging sie, die Bettwäsche aus ihrer Wohnung holen. Nach einer Weile kam sie wieder. „Alles schaffe ich nicht. Die Decken und Matratzen liegen vor der Bodentür." Schwer atmend häufte sie Bettlaken und Bezüge auf den Couchtisch.

Wilhelm beeilte sich, ihr zu helfen. Selbst er musste zweimal laufen, bis er alles heruntergetragen hatte.

Anschließend bauten sie im Schlafzimmer die Betten auf. Jetzt sah es aus wie eine Liegewiese. Bewegen konnte man sich kaum noch. Dadurch konnten die Kinder allerdings auch nicht hinaus fallen.

„Tagsüber stapeln Sie alles auf dem Bett, damit Sie Platz haben", empfahl sie.

„Vielen Dank, was hätte ich ohne Sie getan?", sagte Wilhelm, als sie fertig waren.

„Ich freue mich, wenn ich nützlich sein kann. Früher hatte ich ständig viel zu tun. Wie lange bleibt Ihre Schwester?"

Hilflos zuckte Wilhelm mit den Achseln.

„Sie können jederzeit zu mir kommen, wenn Sie Hilfe oder Ruhe brauchen", bot sie an. Als sie die Wohnungstür öffnete, stand Lydia vor ihr.

Lydia grüßte sie flüchtig und schob sich an ihr vorbei. Während Frau Beierlein sie aufmerksam musterte.

„Hat die alte Jungfer sich über mich beschwert?", fragte Lydia, als die Tür hinter Frau Beierlein zugefallen war.

„Nein, das ist eine ganz reizende Dame, die mir geholfen hat, deine Kinder zu bändigen", erwiderte Wilhelm scharf.

„Na, so neugierig, wie die mich geprüft hat", lästerte Lydia, dann entdeckte sie die Kinder im Wohnzimmer.

„Wilhelm, wie kannst du die Kinder vor der Glotze parken! Weißt du nicht, wie schädlich fernsehen ist?", fauchte sie entsetzt.

„Dann lass die Kinder nicht allein, wenn es dir nicht passt", wehrte sich Wilhelm heftig, sodass Lydia zusammenzuckte, aber nichts weiter sagte.

„Nico, Sascha, ihr habt doch Hunger, ich habe Leberwurst gekauft", wandte sie sich an ihre Kinder.

Die beiden rührten sich nicht.

„Ihr müsst Hunger haben."

„Nö, wir haben schon gegessen." Nico drehte nicht einmal den Kopf zu ihr.

„Du hattest doch keine Vorräte." Lydia schaute Wilhelm unsicher an.

„Brot mit Marmelade."

„Süßes? Das dürfen sie nicht."

„Jetzt reiß mir nicht gleich den Kopf ab. Hier war die Hölle los. Wie kannst du mich mit den Kindern alleine lassen?" Dann schilderte er Lydia haarklein die letzten zwei Stunden. Lydia lachte, bis ihr die Tränen über die Wangen liefen. „Ohne Frau Beierlein hättest du mich in die Nervenklinik bringen dürfen. Das kann allerdings in den nächsten Tagen immer noch eintreten."

„Na, dann verzeihe ich dir das Marmeladenbrot und das Fernsehen", gluckste Lydia. Plötzlich schnupperte sie. Es roch unangenehm. Sie hob Sascha hoch und hielt ihre Nase an seinen Hosenboden. „Du hättest ihn auch einmal wickeln können!"

„Wieso wickeln?"

„Meinst du, dass er auf die Toilette geht? Er ist viel zu klein dafür."

Wilhelm stöhnte. Ein weiteres Wickelkind. Ihm reichte das Baby. Vielleicht sollte er einen Schnellkurs in Säuglingspflege machen.

Nachdem sie die Kinder ins Bett gebracht hatten, setzten sie sich erschöpft in die Küche und aßen selbst.

„Und wie soll es jetzt weitergehen?", fragte Wilhelm erneut und hoffte auf eine plausible Antwort.

„Gleich in der Frühe rufe ich verschiedene Makler an und erkundige mich nach Wohnungen. Du wirst sehen, in spätestens vierzehn Tagen sind wir ausgezogen, und du wirst dich einsam fühlen."

„Erst in vierzehn Tagen? Bis dahin ist mir die Wohnung gekündigt worden", stöhnte Wilhelm. Er zerbrach sich den Kopf, was er machen könnte, um diesen Zustand zu beenden. In der Mittagspause würde er sämtlichen Freunden mailen und fragen, ob sie von einer freien Wohnung wüssten.

Als Wilhelm am nächsten Morgen aufstand, war das Badezimmer besetzt. Seine genau bemessene Zeit floss dahin, und er konnte nichts daran ändern, sondern musste warten. Nicht einmal rasieren konnte er sich, da der Rasierer im Spiegelschrank lag.

„Wenn es so weitergeht, verliere ich nicht nur die Wohnung, sondern womöglich meine Arbeit. Wie soll ich es jetzt noch pünktlich schaffen?", fauchte Wilhelm Lydia an, als sie schließlich mit Nico aus dem Bad kam.

„Ach, als Buchhalter findest du mit deiner Erfahrung einen Job, wahrscheinlich verbesserst du dich dabei. Ist der Kaffee schon fertig?", erwiderte Lydia ungerührt und schaute in die Küche.

Aber dort sah es genauso aufgeräumt aus, wie sie es am Abend verlassen hatten.

„Warum hast du in der Wartezeit nicht gefrühstückt?", wunderte sie sich.

Auf diesen Gedanken war Wilhelm gar nicht gekommen. Schließlich aß er seit über dreißig Jahren nach dem Duschen.

Inzwischen war es so knapp geworden, dass er sich hastig anzog. Zum Essen reichte es nicht mehr, obwohl Lydia gleich den Tisch gedeckt hatte und die Kinder die Haferflocken in sich hineinschaufelten. Beim Schuhe Zubinden störte Sascha. Er hielt sich an seinem Bein fest und Wilhelm musste die kleinen Hände lösen, um wegzukommen. Diesmal lief er nicht gemessenen Schrittes zum Bahnhof, sondern hastete dahin. Der Zeitungsverkäufer schaute ihm verwundert nach, als er wortlos das abgezählte Geld hinlegte und sich die Zeitung griff.

„Herr Petermann, haben Sie verschlafen? Sie sind ungekämmt", stichelte Finn im Bus.

„Sicher hat seine Freundin ihm zum Abschied die Haare verwuschelt", bemerkte Rother nach einem kurzen Blick.

Wilhelm faltete die Zeitung auf und las, froh, sein Erröten hinter ihr zu verstecken. Im Foyer traf er seinen Chef und grüßte ihn. Er wunderte sich, warum der so grinste. Erst als Wilhelm sich an den Schreibtisch setzte, entdeckte er den Batzen Haferflocken, der an seinem Hosenbein klebte. Diese Gören. Natürlich blieb ein Fleck zurück, nachdem er das Angetrocknete abgepult hatte. Im Waschraum versuchte er, den Schaden mit Wasser und den Papierhandtüchern zu beheben. Er erreichte, statt eines kleinen hellen, einen großen dunklen Fleck in Kniehöhe zu haben. Hoffentlich sahen die anderen ihn nicht. Besorgt flüchtete er in sein Büro. Gegen zehn Uhr holte er sich einen

Kaffee und ein Stück Kuchen aus der Kantine. Er lächelte bei dem Gedanken, was Lydia dazu sagen würde. Klar müsste er etwas abnehmen. Aber lieber nicht jetzt, wo die Nerven blank lagen, und er in der Nacht kaum geschlafen hatte. Er balancierte seine volle Tasse an den Kollegen vorbei. Die Neue, Frau Witkuhn, schob ein paar Rechnungen auf ihrem Tisch hin und her.

„Kann ich Ihnen helfen?", fragte er, als er vorbeikam.

Sie blickte auf, errötete etwas. „Nein, danke, ich suche nur eine Notiz."

Wilhelm ging weiter. Vorsichtig setzte er die Tasse ab. Trotzdem hatte sie ein Fußbad, und er kippte den Kaffee von der Untertasse in die Tasse. Zum Glück hatte er eine Serviette mitgenommen und trocknete sie damit ab. Nicht auszudenken, wenn die Unterlagen Flecke bekommen würden.

Während er am Bildschirm arbeitete, aß er nebenbei. Ab und zu blickte er hoch.

Der Meyer, der die Computer betreute, stand bei Frau Witkuhn und erklärte ihr einen Vorgang. Immer wieder zeigte er auf den Bildschirm und sprach. Ab und zu nickte sie. Dann zog er sich einen Stuhl heran und tippte etwas ein. Er hatte also recht gehabt. Sie brauchte Hilfe. Hoffentlich waren es wirklich nur Computerprobleme. Vom Rechnungswesen hatte der Bursche keine Ahnung. Wilhelm nahm sich vor, ihre Konten in nächster Zeit besonders sorgsam zu kontrollieren.

Wilhelm entwickelt hauswirtschaftliche Fähigkeiten
Obwohl es Wilhelm vor dem Nachhausekommen graute, ließ er sich nichts anmerken. Pünktlich wie immer stieg er bei Kalle Harms in den Bus und wechselte mit ihm ein paar Worte über das Wetter.

Bereits unten im Treppenhaus zuckte er zusammen, als er die Kinder toben hörte. Das würde ein anstrengender Abend werden. Hoffentlich hatten sich bislang keine Nachbarn über den Lärm beschwert.

Hannibal empfing ihn mit wildem Bellen und sprang an ihm hoch, sobald er die Tür öffnete.

„Gut, dass du da bist, Wilhelm", begrüßte Lydia ihn. „Hannibal muss ganz dringend raus. Würdest du es machen? Etwas frische Luft tut dir sicher gut." Sie bückte sich und band dem Hund das Halsband samt Leine um.

„Onkel Wilhelm, hast du uns etwas mitgebracht?" Nico stürmte auf ihn zu und zerrte am Jackett. Sascha stolperte hinterher, hielt sich am Bein der Mutter fest und weinte, als Lydia ihn nicht sofort auf den Arm hob.

Das entschied die Sache. Dankbar für eine ruhige halbe Stunde nahm Wilhelm die Hundeleine und floh. Während er fröstelnd durch den nasskalten Stadtpark lief, dachte er daran, wie er Lydia als kleines Kind verwöhnt hatte. Sie war das Nesthäkchen und erst vier Jahre alt, als ihr Vater starb. Der neunzehnjährige Wilhelm übernahm selbstverständlich die Vaterrolle. Seine Geschwister Paul und Hanne äußerten häufig eifersüchtig, dass Wilhelm Lydia zu sehr verwöhnte.

Aber schließlich waren sie schon sechzehn und vierzehn und brauchten einen Vater nicht mehr so dringend. Außerdem hätten sie ihn in dieser Rolle sowieso nie anerkannt.

Wilhelm machte nach dem Abitur eine Ausbildung zum Industriekaufmann, weil seine Mutter ihm kein Studium finanzieren konnte. Selbstverständlich unterstützte er die Familie mit der geringen Ausbildungsvergütung. Er erreichte, dass Paul nach einer Schlosserlehre Ingenieur werden konnte. Hanne wollte ihrem Bruder nicht auch noch zur Last fallen und verließ die Schule nach der zehnten Klasse, um Krankenschwester zu werden. Inzwischen unterrichtete sie als Lehrerin für Pflegeberufe. Die Brüder hatten ihr häufig geraten, sich weiterzubilden. Am liebsten hätte Wilhelm es gesehen, wenn sie anschließend studiert hätte, aber Hanne hatte früh geheiratet und wollte genug Zeit für ihre Familie haben. Auch Paul war längst verheiratet und hatte Kinder. Dabei waren Paul und Hanne viel zufriedener als Lydia. Vielleicht, weil sie sich ihren Erfolg hart erarbeitet hatten.

Die verwitwete Mutter und Wilhelm erfüllten Lydia alle Wünsche. Ihr Abitur bestand sie nur knapp, obwohl sie begabt war. Danach lebte sie ihren sozialen Tick aus und begann eine Ausbildung als Arzthelferin. Aber das wurde ihr bald zu anstrengend, deshalb brach sie ab und ging als Au-pair-Mädchen nach Großbritannien. Der Aufenthalt geriet zum größten Desaster ihres Lebens. Als ihr Hilferuf Wilhelm erreichte, musste er extra unbezahlten Urlaub nehmen. In Lincoln stellte sich ihre Schilderung als reichlich übertrieben heraus. Die Gastfamilie beutete sie weder aus, noch hielt sie Lydia gefangen. Trotzdem nahm Wilhelm sie mit nach Hause. Es war das einzige Mal gewesen, dass Wilhelm im Ausland war. Die alljährlichen Besuche im Herbst bei Hanne, die mit Mann und Kindern in Wien lebte, zählten nicht, denn erstens waren es Familienbesuche und zweitens wurde in Österreich deutsch gesprochen. Sonst machte Wilhelm stets in Bayern Urlaub, seit zwölf Jahren im selben Quartier. Da wusste er, woran er war.

Auch wenn Lydia ihn häufig aufzog, dass er es nur ihr verdankte, wenn er wenigstens einmal etwas Ungewöhnliches erlebt hatte, dachte Wilhelm mit Schrecken an den Linksverkehr und das gewöhnungsbedürftige Essen zurück.

Die kurze Zeit in Großbritannien weckte Lydias Interesse an der englischen Sprache. Deshalb studierte sie bald nach ihrer Rückkehr Anglistik. Aber nach acht Semestern hatte sie daran die Lust verloren und begann mit Kunstgeschichte. Zum Glück für Wilhelms Konto traf sie bald den wesentlich älteren Horst und heiratete.

Horst vergötterte seine hübsche und lebhafte Frau und verstärkte ihren Egoismus, auch wenn er dem Schwager vorwarf, Lydia total verzogen zu haben.

Selbstverständlich fühlte Wilhelm sich nicht nur den Geschwistern gegenüber verantwortlich, sondern besonders seiner Mutter. Nachdem Paul und Hanne selbstständig waren, und er über mehr Geld verfügte, zog er in die kleine Zwei-Zimmer-Wohnung. Aber sonntags besuchte er die Mutter. Einmal im Monat gingen sie zusammen in ein Konzert oder eine Oper und manchmal in Ausstellungen. Als die Mutter krank wurde, besorgte er ihr einen Platz in einem Pflegeheim und ging jeden zweiten Nachmittag zu ihr. Zum Schluss hatte sie ihn nicht mehr erkannt. Demenz! Vor zwei Jahren war sie friedlich eingeschlafen, seitdem hatte Wilhelm mehr Zeit, als er benötigte. Zum ersten Mal in seinem Leben hatte er keine Verpflichtungen anderen gegenüber. Manches Mal fühlte er sich einsam. Was er sich natürlich nicht eingestand.

Die Kirchenglocken schlugen sechs Uhr und rissen ihn aus seinen Gedanken. Lydia würde sicher schon auf ihn warten, deshalb machte Wilhelm sich eilig auf den Rückweg.

„Du warst lange unterwegs. Der arme Hannibal ist ganz erschöpft", begrüßte Lydia ihn.

„Der arme Hannibal ist entschieden zu fett. Du müsstest jeden Tag regelmäßig mit ihm spazieren gehen und ihn nicht nur bis zur nächsten Laterne führen. Am besten stellen wir einen Zeitplan auf", schlug Wilhelm vor.

„Das kannst du machen. Ich bin jetzt mit Eva verabredet." Lydia zog sich die Jacke an.

„Und die Kinder?" Wilhelm stellte sich vor die Wohnungstür.

„Sei kein Spielverderber. Ich habe Eva seit Jahren nicht mehr gesehen, und du bist sowieso daheim." Lydia lächelte ihr Kleinmädchenlächeln und schob ihn zur Seite.

„Wann kommst du zurück?", rief Wilhelm hinterher.

„Irgendwann", schallte es durchs Treppenhaus.

Wilhelm schloss die Tür und lehnte sich erschöpft dagegen.

„Onkel, was gibt es zu essen?", fragte Nico.

„Brot und Leberwurst."

„Das hatten wir heute Mittag. Mama hat gesagt, heute Abend gibt es was Warmes", forderte Nico.

„Na, dann lass uns mal in der Küche nachschauen", sagte Wilhelm und marschierte mit Nico los. Allerdings sah der Kühlschrank bis auf die fast aufgegessene Leberwurst und die Milch nicht voller aus als gestern.

„Was hat Lydia eigentlich eingekauft?" Wilhelm überlegte laut.

„Milch, Babymilch, Katzenfutter, Leberwurst und Bananen", listete Nico auf.

„Das weißt du so genau?"

„Ich habe beim Auspacken geholfen", erklärte der Junge stolz.

„Und was habt ihr heute den ganzen Tag über gemacht?" Wilhelm öffnete den Vorratsschrank, aber außer Kaffee, Zucker, Salz, Pfeffer und Reis enthielt er nichts.

„Geschlafen, gemalt, auf dem Spielplatz getobt und ..." Nico dachte angestrengt nach.

Das Klingeln unterbrach seine Überlegungen. Vor der Tür stand Frau Beierlein. „Ich dachte, Sie bräuchten ein Bett für das Baby, deshalb habe ich heute Lehmanns gefragt, die leihen Ihnen ihr Reisebett."

„Ach, das Baby, daran habe ich überhaupt nicht mehr gedacht." Wilhelm nahm Frau Beierlein das Bett ab und lehnte es gegen die Wand. „Können Sie uns Eier borgen? Damit die Kinder Rühreier essen können?", bat er.

„Natürlich. Brauchen Sie auch Kartoffeln?"

„Das ist das Einzige, was ich momentan vorrätig habe. Morgen gehe ich gleich nach der Arbeit einkaufen." Wilhelm strich sich müde über die Stirn.

Nico lief ins Wohnzimmer. „Sascha, das darfst du nicht!"

Gleich darauf brüllte Sascha los. Wilhelm stürzte hinterher. Nico hielt ein zerrissenes Buch hoch, Sascha griff danach, erreichte es aber nicht. Um sie herum lagen Papierschnipsel. Mit einem Blick erkannte Wilhelm, dass es die Goethebiografie war, die er vorgestern Abend noch gelesen hatte.

„Ihr dürft meine Sachen nicht anfassen", sagte er streng, nahm Nico das Buch ab und legte es oben ins Regal, dann schob er die beiden aus der Stube. Sascha brüllte weiterhin lautstark. Die Wohnungstür war geschlossen. Kurz darauf klingelte es wieder. Frau Beierlein reichte Wilhelm einen Karton mit Eiern. „Wo ist denn Ihre Schwester?"

„Bei einer Freundin", erklärte Wilhelm.

„Und sie hat Sie mit den Kindern wieder allein gelassen?"

Wilhelm konnte an ihrem Gesicht ablesen, was sie von Lydia hielt.

„Tja, sie überschätzt halt meine Fähigkeiten, mit den Kindern umzugehen." Wilhelm lachte gezwungen.

„Am besten helfe ich Ihnen." Frau Beierlein ging resolut an ihm vorbei zur Küche. Sascha hockte vor Hannibals Napf und matschte mit dem Futter. Interessierte betrachtete er seine klebrigen Finger und steckte sie in den Mund. Mit einer Hand hob Frau Beierlein ihn hoch, mit der anderen hielt sie seine dreckigen Hände fest. Sein wildes Protestgeschrei ignorierte sie. Beiläufig schob sie mit dem Fuß den Napf in den Flur. Nachdem sie Sascha gewaschen hatte, drückte sie den Kindern Eierlöffel und eine Plastikschüssel in die Hand. Damit waren die beiden beschäftigt.

Schnell schälte sie die Kartoffeln, nebenbei erklärte sie Wilhelm, wie das Milchfläschchen für Anna-Lena zuzubereiten wäre und worauf er beim Füttern zu achten hätte. Anschließend musste er unter ihrer Aufsicht das Baby füttern, im Waschbecken baden, wickeln und anziehen.

„Am besten holen Sie mich in vier Stunden noch einmal, aber danach schaffen Sie es auch alleine", ermunterte sie ihn.

Inzwischen waren die Kartoffeln und die Rühreier gar. Sie setzte Nico und Sascha an den Küchentisch, während sie aßen, fing sie mit dem Abwasch an. Ab und zu half sie Sascha, den Löffel in den Mund zu bekommen.

„Wie schaffen Sie es, alles gleichzeitig zu machen?"

Frau Beierlein lachte. „Jahrelange Übung. Ich freue mich, wieder Kinder um mich zu haben. Meine Enkel sehe ich so selten, ihre Eltern mussten aus beruflichen Gründen wegziehen."

Nach dem anschließenden Baden der Jungen setzte sich Frau Beierlein auf den Bettrand und sang den beiden, die auf Luftmatratzen zu ihren Füßen lagen, Schlaflieder vor.

Wilhelm lernt Frau Hansen kennen
Am nächsten Tag bedauerte Wilhelm zum ersten Mal in seinem Leben, kein Auto zu besitzen. Bisher hatte er es nie für notwendig gehalten. Schließlich wohnte er zentral und konnte alles gut mit den öffentlichen Verkehrsmitteln erreichen. Ohne Wagen brauchte er sich keine Gedanken, um die ewige Parkplatzsuche zu machen. Gleich nach der Arbeit lief er den Umweg über den Supermarkt. Weil er alles nach Hause tragen musste, hielt er sich beim Einkaufen zurück. Bei jedem Teil überlegte er, ob es ihm nicht zu schwer würde. Zu ärgerlich, dass Lydia mit der Bahn gekommen war. Aber ihr Cabrio stand mit einem größeren Blechschaden in der Werkstatt. Angeblich hatte ihr ein älterer Herr die Vorfahrt genommen. Jedoch hegte Wilhelm Zweifel an Lydias Version des Unfalls. Schließlich hatte er bei ihr als Beifahrer manche Todesangst ausgestanden.

Wilhelm stopfte an der Kasse den Einkauf in die mitgebrachten Taschen. Allerdings musste er noch einen Stoffbeutel dazu kaufen. Sicher würden die Vorräte nur einen Tag reichen. Also müsste er morgen, allerspätestens übermorgen diese Tortur wieder auf sich nehmen. Auf dem Nachhauseweg wurden ihm die Arme schwer. Die Bänder der Beutel schnitten in seine Handflächen ein. Kurzatmig stellte er sie an der Ampel ab und erholte sich. Bis zur nächsten Kreuzung hielt er es durch, dann brauchte er wieder eine Pause. Er musste sich unbedingt einen Hackenporsche zulegen, wie eine alte Dame, auch wenn ihm ein solches Teil peinlich war. Aber er wollte schließlich keinen Herzinfarkt erleiden.

Lydia lief nervös auf dem Bürgersteig hin und her. Das Tack-Tack ihrer hochhackigen Schuhe war von weitem zu hören. Schweißnass traf Wilhelm ein.

„Wo bleibst du bloß? Ich warte seit einer Dreiviertelstunde auf dich", warf sie ihm vor.

„Sollen deine Kinder verhungern? Du kommst selbst gar nicht auf die Idee einmal einzukaufen", verteidigte sich Wilhelm. Auffordernd hielt er ihr einen Beutel hin.

„Ich muss sofort los, da kommt schon die Taxe." Lydia winkte sie heran. „Ich habe einen Termin mit einem Makler. Bis nachher." Fort war sie.

Sobald Wilhelm die Haustür aufgeschlossen hatte, hörte er Sascha und Nico in der Wohnung toben. Sie spielten wohl gerade eine wilde Verfolgungsjagd, denn Nico rief: „Peng, peng, peng." Begleitet wurden sie von Hundegebell.

Trotzdem fielen ihm fast die Einkäufe aus der Hand, als es krachte. Augenblicklich war es still, das beängstigte ihn viel mehr. Er hastete nach oben, Schweiß lief ihm in die Augen. Inzwischen schrie Nico wie am Spieß. Wilhelm öffnete die Tür.

Sofort stürzte Hannibal sich auf ihn, bellte und sprang ihn an. Cleo saß auf der Garderobenablage und fauchte dort oben. Achtlos ließ Wilhelm die Lebensmittel auf den Fußboden fallen und rannte in die Küche. Da lag Nico tränenüberströmt unter einem Stuhl. Wilhelm hob den Stuhl auf und stellte ihn zur Seite. Gleich kippte er wieder um, denn ein Bein war abgebrochen. Wilhelm nahm Nico auf den Arm und versuchte, ihn zu trösten. Aber der ließ sich nicht beruhigen. Wilhelm überlegte fieberhaft, ob er den

Unfallwagen rufen sollte. Natürlich verriet Nico nicht, wo es ihm wehtat. Nun fing auch noch Anna-Lena im Schlafzimmer an zu schreien. Sascha verzog das Gesicht und plärrte aus Sympathie mit. Hannibal wedelte winselnd mit dem Schwanz und leckte Saschas Gesicht ab.

In diesem Augenblick klingelte es. Wilhelm atmete auf. Bestimmt war es Frau Beierlein. Sie wusste sicher, was man in so einer Situation tun musste. Er ging mit Nico auf dem Arm erleichtert zur Tür.

Aber vor ihm stand nicht Frau Beierlein, sondern Herr Koch. „Müssen Sie jeden Tag solchen Lärm machen? Ich kann nicht einmal die Medizinsendung im Fernsehen verstehen, so laut sind Ihre Kinder. Wenn diese Frau und die Kinder nicht sofort ausziehen, zeige ich Sie beim Vermieter an. Der soll hier für Ruhe sorgen. Zu fünft in dieser kleinen Wohnung, das geht überhaupt nicht."

„Es ist nur kurzfristig, bis ..." Wilhelm kam nicht weiter, Herr Koch unterbrach ihn.

„Ich habe Sie bisher für solide und vernünftig gehalten. Aber gleich drei Gören. Wo hatten Sie die bisher versteckt?"

„Es ist nur Be..."

Doch Herr Koch stieg bereits, unaufhörlich vor sich hin schimpfend, die Treppe hoch.

Im Hintergrund schrien die drei um die Wette und auch Hannibal winselte nicht mehr, sondern jaulte lautstark. Wilhelm holte tief Luft, unterdrückte seinen Fluchtinstinkt und ging zur Küche zurück. Vorbei an Cleo, der den Aufschnitt zwischen den Einkäufen entdeckt hatte und ihn fraß. Die Kleinen schienen sich gegenseitig hochzuschaukeln.

„Wollt ihr einen Kakao haben?", fragte Wilhelm. Etwas Besseres fiel ihm nicht ein. Bestechung war wenigstens ein Versuch.

Die Jungen reagierten nicht. „Wie wäre es mit einem Zeichentrickfilm? Fernsehen?", rief er laut, um sie zu übertönen. Nico lag wieder unter dem Tisch und trat gegen den Stuhl. Sascha hatte sich hinter den Mülleimer gekauert und schluchzte jetzt vor sich hin. Im Schlafzimmer brüllte Anna-Lena wie am Spieß. Wilhelm bückte sich und hob Nico auf.

Es klingelte erneut an der Tür. „Bloß nicht", stöhnte Wilhelm. Er dachte nicht daran, sich noch einmal mit Herrn Koch auseinanderzusetzen. Nicht jetzt, nicht heute. Doch da war jemand hartnäckig und hörte mit dem Klingeln nicht auf. Notgedrungen ging Wilhelm zur Tür. Doch diesmal war es weder Frau Beierlein noch Herr Koch, sondern Frau Hansen. Sie lebte seit drei Jahren in der Dachwohnung. Damals hatte die Genossenschaft das Geschoss zu einer modernen, großzügigen Mansarde ausbauen lassen.

Wilhelm hatte in dieser Zeit erst einmal ein paar Worte mit ihr gewechselt. Da ging es um die Änderung der Müllabfuhrtage.

„Was ist denn das für ein Krach? Kann man hier nicht einmal am Feierabend seine Ruhe haben?", fauchte sie verärgert. Sie wirkte mit dem Hosenanzug, ihrer schlanken Figur und der modischen Kurzhaarfrisur sehr selbstbewusst. Wilhelm fühlte sich bei ihrem Anblick unsicher, zumal sie mindestens genauso groß war wie er.

Natürlich vergaß er, Hannibal festzuhalten, und der Hund entwischte.

„Hannibal, bleib stehen, Hannibal", schrie Wilhelm ohne Erfolg.

„Passen Sie bitte auf die Kinder auf", stieß er hervor, drückte ihr Nico in den Arm und raste dem Hund hinterher. Diesmal stand die Tür leider offen und Hannibal jagte die Straße hinunter.

Wilhelm war seit Jahrzehnten nicht mehr gelaufen. Jetzt rannte er wegen dieses blöden Hundes, dabei war er vom Einkaufen bereits erledigt. Beim Schlachter holte er ihn ein. Hannibal stand witternd vor der Ladentür, traute sich zum Glück nicht hinein. Natürlich ging er nicht freiwillig zurück, sondern Wilhelm musste ihn tragen.

Außer Atem erreichte er den Treppenabsatz. Erschöpft lehnte er sich an den Türrahmen. Ihm wurde schwarz vor Augen. Trotzdem hielt er den Hund fest im Arm.

„Geht es Ihnen gut?", hörte er eine besorgte Stimme wie durch Watte.

Er nickte nur.

Nico hatte sich inzwischen beruhigt und erzählte Frau Hansen vertrauensvoll vom Streit zwischen seiner Mama und seinem Papa. Sascha stand an der Garderobe und beobachtete die beiden. Zur Beruhigung lutschte er am Ärmel von Wilhelms Mantel.

„Es tut mir leid, wenn wir so laut sind. Aber meine Schwester hat mich mit ihrem Besuch überrascht. Natürlich ist die Wohnung für uns alle zu eng, außerdem verstehe ich überhaupt nichts von Kindern", entschuldigte sich Wilhelm, sobald er sich wieder erholt und das Rauschen in seinen Ohren nachgelassen hatte.

„Ich dachte schon, hier wohnt jemand Neues. Aber sollten wir uns nicht um das Baby kümmern?", fragte Frau Hansen freundlich. Nico hatte ihr genug erzählt, um ihr Mitgefühl für Herrn Petermann zu wecken.

„Anna-Lena braucht ihr Fläschchen, aber Nico war gestürzt und da musste ich mich zuerst um ihn kümmern. Sascha hat wohl aus Sympathie mitgeschrien", erklärte Wilhelm.

„Kann ich Ihnen helfen?", bot Frau Hansen an.

Erleichtert bat Wilhelm sie herein. Er schloss die Tür und konnte endlich Hannibal absetzen. Dann zog er Sascha den Ärmel aus Mund und Hand und ging ins Schlafzimmer. Frau Hansen folgte ihm. Im dunklen Flur sah sie Cleo nicht und stolperte über ihn. Zum Glück konnte sie sich am Schuhschrank festhalten. Der Kater sprang fauchend davon.

Frau Hansen kam gerade dazu, als Wilhelm Anna-Lena aus dem Bett heben wollte.

„Wollen Sie sich nicht erst die Hände waschen?", fragte sie.

„Ach ja, der Hund. An Tiere bin ich noch weniger gewöhnt als an Kinder", erklärte Wilhelm verlegen und stürzte ins Badezimmer.

Frau Hansen stellte sich an das Bett und schäkerte mit dem Baby. Tatsächlich ließ es sich ablenken und hörte auf zu schreien.

„Kennen Sie sich mit Kindern aus oder sind Sie ein Naturtalent? Ich bekomme das Baby nie zur Ruhe." Wilhelm schaute sich suchend nach der Windelpackung um.

„Oh, ich übe bei meinen Nichten. Als unverheiratete Tante bin ich als Babysitter heiß begehrt", antwortete Frau Hansen. „Wir sollten zuerst einmal Wasser aufsetzen, lange hält der Frieden bestimmt nicht an." Sie marschierte in die Küche.

Das Durcheinander von dreckigem Geschirr, Spielzeug und angebissenen Lebensmitteln ignorierte sie. Wilhelm überwand die Scham angesichts dieser

Unordnung, folgte ihr tapfer und reichte ihr den Wassertopf.

Frau Hansen öffnete den Deckel und kippte das halbe Brötchen, das darin versteckt lag, auf den Tisch, spülte ihn aus und setzte Wasser auf. Inzwischen schrie Anna-Lena wieder.

„Am besten wickele ich sie erst einmal. Dann ist sie hoffentlich abgelenkt. Sie bereiten währenddessen das Fläschchen zu", kommandierte Frau Hansen befehlsgewohnt und ging zum Schlafzimmer zurück.

Wilhelm war alles recht, solange nur das Geschrei aufhörte. Während er auf das Wasser wartete, räumte er das Geschirr zusammen und warf die angebissenen Teile in den Biomüll. Anschließend suchte er ein sauberes Fläschchen und das Milchpulver.

Bald lag Anna-Lena satt und sauber in ihrem Bett und schlief friedlich. „Wie kann so ein niedliches Kind bloß solchen Lärm machen", stöhnte Wilhelm.

Frau Hansen lachte. „Am besten bringen wir hier erst einmal Ordnung hinein."

„Ich habe Hunger", nörgelte Nico.

„Nein, mein Schatz, gegessen wird hinterher. Erst die Arbeit, dann das Vergnügen", sagte Frau Hansen freundlich, aber bestimmt. Ihrer natürlichen Autorität widersprach niemand.

„Ich räume Schlaf- und Wohnzimmer auf, während Sie den Abwasch machen." Sie wartete gar nicht erst auf Wilhelms Antwort, sondern scheuchte Hannibal von den Einkäufen weg, bückte sich und hob die Taschen auf. Vom Aufschnitt war nur die zerfetzte Plastiktüte übrig. Wilhelm brauchte ziemlich lange, um die klebrigen Teller und die angebrannten Töpfe zu säubern. Leider hatte sich Lydia nie für den Haushalt interessiert und die Mutter hatte es bei ihrer Jüngsten durchgehen lassen. Bei Horst brauchte sie sich um nichts kümmern, dafür sorgte die Haushälterin und so schaffte sie es jetzt innerhalb weniger Stunden, seinen Haushalt total verkommen zu lassen. Wilhelm hoffte nur, dass Horst sie bald abholen würde. Aber erst einmal musste sein Schwager zurück sein. Er hatte sich telefonisch bei Lydia melden und ihr den Rückflug mitteilen wollen. Da sie nicht zu Hause war und ihr Handy abgeschaltet hatte, wusste sie natürlich nicht, wie lange er fortblieb.

Nachdem Wilhelm Tische und Schränke gesäubert und den Boden gewischt hatte, schaute er sich vorsichtig um. Seine Wohnung sah so aufgeräumt aus, wie es eben mit drei Kindern, Hund und Katze und einem Riesenberg Gepäck ging.

„Wie haben Sie das Wunder vollbracht?", fragte er überrascht.

„Oh, die Kinder haben mir dabei geholfen. Die fühlen sich toll, wenn sie wichtig sind und helfen dürfen." Frau Hansen lachte und wirkte gar nicht mehr streng, sondern fröhlich. „Wenn man sie beschäftigt, kommen sie nicht auf dumme Ideen."

„Jetzt können wir die Raubtiere abfüttern", damit scheuchte sie Nico und Sascha in die Küche. „Sie haben aber auch ganze Arbeit geleistet", lobte sie.

„Aufräumen und saubermachen ist kein Problem, aber die Kinder ruhig halten, schaffe ich nicht", gestand Wilhelm. „Ich kann Nico etwas vorlesen oder mit ihm Häuser und Burgen bauen. Aber wenn Anna-Lena gleichzeitig schreit, Sascha herumtobt oder ich abwasche, dann klappt es nicht. Außerdem werde ich schnell nervös." Er lächelte kläglich.

„Damit haben Mütter bestimmt auch Probleme", tröstete Frau Hansen ihn.

Wilhelm spürte ihr Mitleid. Erstaunlicherweise tat es ihm gut.

Sie goss Milch über die Haferflocken. Sofort stürzten sich die Kinder auf ihr Essen. „Na, ihr habt einen gesunden Appetit. Gleich baden wir euch", sagte sie. Mit dem Geschirrlappen wischte sie nach dem Essen den Kindern das Gesicht und die Hände ab.

„Aber wir haben uns doch erst gestern gewaschen", protestierte Nico.

„Seitdem habt ihr euch alles Mögliche ins Gesicht geschmiert. Ihr wart bestimmt auf dem Spielplatz."

Problemlos stiegen die beiden Jungen in die Badewanne. Wilhelm staunte, welche verborgenen Qualitäten Nachbarinnen besaßen. Er war froh, dass Frau Hansen das Waschen der Haare übernahm. Trotzdem schwamm der Fußboden hinterher, und er wischte ihn trocken, während Frau Hansen die Haare der Kinder föhnte und sie anzog.

„Ich bin aber noch gar nicht müde." Nico rieb sich die Augen, dann hüpfte er auf einem Bein durchs Zimmer, stolperte über seine Hausschuhe, fiel hin und schrie. Frau Hansen hob ihn auf. Sascha hopste auf der Matratze herum.

„Ich lese euch etwas vor. Aber nur eine Geschichte." Wilhelm holte Grimms Märchen aus dem Bücherschrank. „Ich muss unbedingt ein paar Kinderbücher besorgen. Das hier ist das einzige in meinem Haushalt, was halbwegs kindgerecht ist", entschuldigte er sich bei Frau Hansen.

Er konnte wirklich spannend vorlesen. Mit ängstlich aufgerissenen Augen lauschten die Jungen Hänsel und Gretel. „So, und jetzt schlaft ihr", damit schlug Wilhelm das Buch zu.

„Aber die Hexe", jammerte Sascha.

„Licht an", forderte Nico.

„Wir lassen es im Flur brennen. Und wenn sie kommt, ruft ihr uns, und wir verjagen sie", tröstet Frau Hansen. Sie schaltete das Licht im Schlafzimmer aus und ließ die Tür einen Spalt offen.

„Darf ich Ihnen ein Glas Wein anbieten?", fragte Wilhelm schüchtern.

„Gern." Frau Hansen lächelte leicht. Dann ließ sie sich im Lehnstuhl nieder und gestattete Cleo, sich auf ihrem Schoß zusammenzurollen.

Wilhelm stellte zwei Weingläser hin und entkorkte eine Flasche.

„Ich bin Ihnen sehr dankbar. Allein hätte ich es nie geschafft. Dabei haben Sie sich Ihren Feierabend bestimmt anders vorgestellt." Er reicht ihr ein volles Glas.

„Das stimmt. Aber so war es wesentlich lebendiger. Es ist schön, mal mit Kindern zusammen zu sein und bügeln kann ich ein anderes Mal." Sie lehnte sich entspannt im Sessel zurück und streichelte den Kater. Er schloss die Augen und schnurrte zufrieden. „Sie lesen sehr schön vor. Die Jungen sind richtig mitgegangen."

„Ich musste früher regelmäßig meinen kleinen Geschwistern vorlesen, das übt." Wilhelm öffnete das Barfach. Neben den Kristallgläsern lagen Plastiktüten. Er nahm sie hoch. Leer. Alle drei Packungen mit Knabbereien waren aufgegessen.

„Die Kinder?"

„Die so gesund ernährten Kleinen", bestätigte Wilhelm. „Jetzt kann ich Ihnen nicht einmal etwas zum Wein anbieten."

„Meine Figur dankt es Ihnen." Frau Hansen lachte leise. „Eine Kollegin von mir besucht ein Altersheim. Es leben viele gebrechliche Leutchen da, die freuen sich, wenn jemand sie besucht und sich mit ihnen unterhält. Einige sind sehbehindert. Manchmal bin ich mitgegangen. Sie sollten einmal mitkommen. Die Bewohner würden sich sicherlich freuen, wenn Sie Ihnen so hervorragend vorlesen."

Wilhelm machte ein ablehnendes Gesicht.

„Überlegen Sie es sich. Ich will Sie nicht überreden", besänftigte Frau Hansen gleich. Dann erzählte sie von ihrer Arbeit als Abteilungsleiterin in einem Kaufhaus. „Ich bin in fünfzehn Jahren siebenmal umgezogen. Dadurch habe ich Deutschland ganz gut kennengelernt. Aber auch etliche Freunde verloren, da man sich nicht mehr sieht."

„Sie haben jeden Tag mit Menschen zu tun und erleben allerhand dabei." Wilhelm kam sich besonders langweilig vor. Lydia hatte recht, er war und blieb ein Spießer.

„Sie hören gut zu. Ich habe so viel von mir erzählt, das ist mir noch nie passiert", entschuldigte sich Frau Hansen. Sie nahm einen Schluck Wein.

„Jetzt sind Sie an der Reihe", ermunterte Frau Hansen ihn.

„Da gibt es wirklich nicht viel zu erzählen. Ich bin Buchhalter in einer großen Firma, da ist ein Tag wie der andere. Nichts Aufregendes, aber ich habe eine gesicherte Existenz. Mein Vater ist früh gestorben, deshalb musste ich schnell Geld verdienen. Also habe ich eine kaufmännische Lehre gemacht. Seit Jahren bin ich in derselben Firma. Das ist alles."

„Wissen Sie, dass ich Sie beneide?"

Wilhelm schaute sie ungläubig an.

„Ich bin alle zwei Jahre umgezogen, so sehr ich meinen Beruf liebe, manchmal hasse ich ihn auch. Alle zwei Jahre neue Freunde suchen, eine neue Wohnung, neue Sportmöglichkeiten und Veranstaltungen. Das kann einem zu viel werden. Jedes Mal dauert es länger, bis man Kontakt bekommt. Jetzt hoffe ich, dass ich hier bleibe. Ich bin müde geworden. Außerdem wohnt eine alte Klassenkameradin in der Nähe. Und meine Wohnung ist sehr schön."

Hannibal kam, setzte sich vor ihr hin und schaute sie auffordernd an. Sie beugte sich vor, um ihn zu streicheln. Dadurch öffnete Cleo die Augen wieder, fauchte, sprang auf den Boden und machte einen Buckel. Hannibal wich einen Schritt zurück, stellte die Haare auf und knurrte. Davon ließ sich Cleo nicht beeindrucken, sondern ohrfeigte den Hund. Der jaulte laut auf und brachte sich in der Küche in Sicherheit. Während der Kater sich hoheitsvoll vor dem Schrank niederließ und zusammenrollte.

Frau Hansen erzählte weiter. „Sehen Sie, wegen meiner Arbeitszeit kann ich keine Volkshochschulkurse besuchen und in keinen Sportverein eintreten, daher gehe ich in einem Fitnessclub. Aber dort habe ich bisher auch noch niemanden kennengelernt."

„Seit der Schulzeit habe ich keinen Sport mehr gemacht", gestand Wilhelm. Verstohlen musterte er sie. Nein, wie eine muskelbepackte Bodybuilderin sah sie nicht aus, nur sportlich. Was man von Wilhelm nicht gerade sagen konnte. Seit ein paar Jahren wurde sein Bauchansatz deutlicher.

„Aber Sie haben doch Hobbys. Spielen Sie nicht Cello?", fragte Frau Hansen.

„Ja, Cello und Klarinette, einmal in der Woche treffe ich mich mit Freunden, dann spielen wir Quartett. Ab und zu besuche ich ein Konzert, eine Oper oder eine Ausstellung, aber das ist bereits alles", erklärte Wilhelm. Er hatte sich in seiner geordneten

Welt stets sicher gefühlt. Jetzt spürte er zum ersten Mal, wie einsam und schal sein Leben war.

„Ich gehe ebenfalls gern in Konzerte und ins Theater, aber leider komme ich selten dazu", bedauerte Frau Hansen. Sie verabschiedete sich: „Wenn Sie wieder einmal Hilfe brauchen, fragen Sie. Ich bin gern mit Kindern zusammen. Und wenn Sie Ruhe brauchen, können Sie sich bei mir erholen."

Wilhelm fühlte sich munter und frisch, wie seit Jahren nicht mehr. Vielleicht hatte Lydia recht, und er sollte öfter unter Menschen gehen. Er bedauerte, Frau Hansen nicht schon früher beachtet zu haben. Mit so einer einfühlsamen und kultivierten Dame machte eine Unterhaltung Spaß.

Als Wilhelm am Donnerstagabend nach Hause kam, stand Lydia kurz vor einem Nervenzusammenbruch. Die Kinder tobten wie üblich durch die Wohnung. Im Wohnzimmer lagen Kissen, Spielzeug und mehrere CDs auf dem Fußboden. Wilhelm bückte sich und hob alles auf. Eine CD war zerbrochen. Mit einem Blick stellte Wilhelm erleichtert fest, dass es eine von den Jungs war, und er warf sie in den Mülleimer. Er hatte die schrillen Stimmen auf dem Ding sowieso nie leiden mögen. In der Küche klebte Marmelade auf dem Tisch und Fußboden. Allerdings nur im vorderen Teil. Hinten in der Ecke schwamm Waschlauge.

„Das Spielzeug gehört in den Korb im Schlafzimmer", sagte er.

„Wilhelm, Hannibal muss ganz dringend raus, deine Waschmaschine ist kaputt, und wir haben keine Lebensmittel mehr", jammerte Lydia.

„Wie schaffst du es bloß zu Hause?", fragte Wilhelm gereizt. Er nahm einen Lappen von der Spüle und säuberte den Tisch.

„Da kümmert sich Frau Schröder um alles. Außerdem ist Nico den halben Tag im Kindergarten", gestand Lydia.

Zähneknirschend hockte Wilhelm sich hin und reinigte das Flusensieb. Hannibal kam neugierig heran, quetschte sich zwischen Wilhelm und der Maschine und schnupperte am Wasser. Cleo nutzte die Gelegenheit und bediente sich am Hundefutter. Sofort knurrte Hannibal, richtete das Nackenfell auf und sprang vor. Dabei riss er Wilhelm um, der in der Brühe landete.

„Dieser blöde Köter." Sein Fluch ging im Bellen und Fauchen der beiden Tiere unter. Cleo stand mit Buckel und gespreiztem Fell vor der Tür und fuhr Hannibal mit den Krallen über die Schnauze.

„Auseinander", kreischte Lydia, sah aber ansonsten tatenlos zu. Wilhelm holte den Besen aus dem Schrank, trennte die Tiere damit und schob Hannibal in den Flur. Anschließend drückte er Lydia einen Eimer mit Wischlappen und einen Schrubber in die Hand. „Aufwischen kannst du hoffentlich selbst." Bekümmert sah er sich seine nasse und verdreckte Hose an. Trotzdem zog er sich um und machte sich mit Hannibal auf den Weg zum Einkaufen, froh, dem Irrenhaus eine Weile zu entrinnen.

Als er wiederkam, sah die Wohnung noch genauso wie vorher aus. Nein, so ganz stimmte es nicht. Das Wasser hatte Lydia aufgewischt. Aber beim Tisch klebte die Marmelade nach wie vor auf dem Fußboden.

„Lydia, ich muss jetzt gehen. Ich treffe mich bei Gerhard mit Bernd und Wolfgang", sagte er.

„Du kannst mich doch nicht im Stich lassen."

„Du hättest ja bei Horst und Frau Schröder bleiben können", fauchte Wilhelm. Woraufhin Lydia in Tränen ausbrach. Sascha griff nach seinem Becher und stieß dabei die Kaffeekanne um. Der Kaffee floss über den Tisch und tropfte auf den Fußboden, noch bevor die Kanne zerbrach. Hysterisch ohrfeigte Lydia Sascha.

„Hör auf. Das Kind kann schließlich nichts dafür. Ich bleibe ja hier", herrschte Wilhelm sie an.

Erschrocken schaute Lydia ihn an. So gereizt hatte sie ihn seit Jahrzehnten nicht mehr erlebt. Schnell schaltete Wilhelm den Fernseher an und setzte die Kinder davor.

„Aber sie sollen nicht ...", protestierte Lydia.

„Verhungern und verdrecken sollen sie wohl auch nicht", stieß Wilhelm hervor. „Wenn du es allein nicht auf die Reihe kriegst, dann muss eben der Fernseher helfen. So, und jetzt wisch endlich die Küche."

Zum ersten Mal in Lydias Leben kommandierte Wilhelm sie herum. Erstaunt gehorchte sie und nach einer halben Stunde war die Küche geputzt und aufgeräumt und die Brote für die Kinder zubereitet. Gerade rechtzeitig, bevor Anna-Lena schrie.

Lydia hatte es allerdings nur geschafft, weil Wilhelm inzwischen mit den Jungen spielte. Während sie das Baby versorgte, räumten die drei Männer auf.

Ganz so gut wie Frau Hansen gelang es Wilhelm nicht, die Kinder zu beteiligen. Gleichwohl war er mit dem Ergebnis zufrieden. Als sie endlich im Bett lagen, und er ihnen vorgelesen hatte, hängte er noch schnell die Wäsche über der Badewanne auf. Trotz seines verpassten Quartettabends war er zufrieden. Er hatte das Gefühl etwas Großes geleistet zu haben.

Nachbarschaftshilfe

Wilhelm beeilte sich mit dem Duschen. Er konnte nie sicher sein, ob nicht jeden Augenblick ein Kind anfing zu schreien, weil es ganz dringend Pipi machen musste und Lydia hysterische Anfälle bekam, weil er das Badezimmer blockierte. Er nahm das Duschlaken und trocknete sich ab. Nicht nur der Spiegel war beschlagen, sondern auch das Fenster. Der Raum trocknete überhaupt nicht mehr richtig aus, weil so viele Menschen duschten, badeten und außerdem die Wäsche hier trocknen musste. Also öffnete er das Fenster. Gerade rechtzeitig. Denn auf der Straße sah er Sascha im Schlafanzug Richtung Marktplatz laufen. Himmel, wie kam der Junge auf die Straße? Er riss die Tür auf und schrie: „Lydia, Lydia, renn Sascha hinterher." Dennoch antwortete seine Schwester nicht. Er wickelte sich das Laken um die Hüfte und schaute ins Schlafzimmer. Anna-Lena lag im Bettchen, erzählte etwas vor sich hin und spielte mit ihren Füßen. Nico schaute sich ein Bilderbuch an.

„Wo ist deine Mama?"

„Einkaufen."

„Lydia, Lydia." Doch niemand antwortete.

Verzweifelt stürzte er ohne Schuhe, nur mit dem Laken bedeckt, hinaus, sprang die Treppe hinunter und rannte, so schnell seine Beine ihn trugen, hinter dem Jungen her. Kurz vor der Kreuzung sah er eine kleine weiße Gestalt. Er gab alles. Trotzdem wäre er zu spät gekommen, wenn nicht eine aufmerksame junge Frau den Ausreißer festgehalten hätte.

„Oh, vie... vielen Dank." Er konnte kaum sprechen, atemlos wie er war. Zudem hatte er Seitenstechen. „Entschuldigen Sie bitte mein Aussehen. Ich war gerade unter der Dusche und sah den Jungen auf der Straße."

Er nahm das Kind an die Hand. Natürlich wollte Sascha nicht, sondern schrie wie am Spieß.

„Ist das wirklich Ihr Sohn?" Die Frau musterte ihn misstrauisch.

„Mein Neffe, bei mir zu Besuch. Ich kann mich leider nicht ausweisen, aber Sie können mitkommen. Meine Schwester muss gleich vom Einkaufen zurückkommen."

Die Frau zögerte, schaute auf die Uhr. Sie rang sichtlich mit sich.

„Onkel Wilhelm." Er drehte sich um. Nico kam angelaufen. Ebenfalls im Schlafanzug, aber wenigstens mit Hausschuhen.

„Wo sind die Tiere?", fragte Wilhelm.

„Hannibal habe ich in der Küche eingesperrt", erklärte Nico.

„Dann wollen wir zurückgehen." Eigentlich hatte Wilhelm keine Hand mehr frei. Aber Nico griff nach seiner Hand, notgedrungen musste er das Laken loslassen. Hoffentlich hielt der Knoten bis zu Hause.

Die junge Frau sah ein, dass er tatsächlich zu den Kindern gehörte und ging weiter.

Wenn Wilhelm jemals mit dem Gedanken gespielt hätte, sich Kinder anzuschaffen, an diesem Morgen hätte er sofort Abstand von dieser Idee genommen. Alle, die ihm begegneten, sahen ihn an und grinsten.

„Na, keine Klamotten?", pflaumte ein junger Bursche. „Dort hinten ist ein Altkleidercontainer."

„Keine Wohnung?", fragte ein älterer Herr.

Wilhelm versuchte, diese Bemerkungen zu ignorieren, ebenso wie die Autofahrer, die fast Unfälle verursachten, weil sie ihm hinterherblickten.

„Mama, sieh mal!", schrie ein kleines Mädchen.

„Pst." Die Mutter zerrte das Kind weiter.

„Warum hat der Mann nichts an?", hörte Wilhelm trotzdem noch. Selbst die Mädchen, die an der Bushaltestelle wartete und simsten, sahen jetzt auf, stießen sich an und lachten.

Nur Nico und Sascha schien das Alles nichts auszumachen. Endlich erreichten sie das Haus. Dummerweise war die Tür zugeschlagen. Wilhelm klingelte. Vergeblich. Anscheinend war Lydia noch nicht zurück. In seiner Verzweiflung versuchte er es schließlich bei Frau Beierlein. Gleich darauf summte es, und er konnte sich wenigstens in den Hausflur retten.

„Wie sehen Sie denn aus?", fragte die Nachbarin entsetzt. „Sie holen sich den Tod." Sie bat ihn in die Wohnung und lief gleich los, um eine Decke zu holen.

Trotz der Decke, die er sich umhängte, zitterte er vor Kälte. Seine Arme waren blau verfärbt.

„Ich koche Ihnen einen Tee, und ihr beiden gehört gleich in die Badewanne." Vorerst zog sie den Jungen jeweils einen Pullover über, der ihnen bis zu den Füßen reichte. „Danke, dass ist nicht nötig. Lydia ist sicher gleich zurück. Hoffentlich mit Schlüssel. Aber ich wollte in dieser Aufmachung nicht auf der Straße stehen bleiben."

Bevor sie weiter diskutieren konnten, hörten sie, wie unten aufgeschlossen wurde und jemand die Stufen hochsprang.

Wilhelm öffnete die Tür einen Spalt und als er seine Schwester entdeckte, ganz. „Wie läufst du rum?"

Sie schaute ihren Bruder von oben bis unten an und brach in lautes Gelächter aus.

„Dein Sprössling lief gerade die Straße entlang, als ich nach dem Duschen das Fenster öffnete und da bin ich sofort hinterhergesprintet."

Zum Glück war alles gutgegangen. Die Tiere saßen vor ihrem Futternapf. Allerdings hatte ein Tier den Schinken, der auf dem gedeckten Tisch stand, angefressen. Außer Wilhelms verletzter Stolz war ansonsten nichts passiert. Und da Lydia den Kaffee, bevor sie einkaufen ging, aufgesetzt hatte, konnten sie gleich, nachdem sich Wilhelm angezogen hatte, frühstücken.

Direkt nach der Arbeit ging Wilhelm eine Stunde lang mit Hannibal Gassi. Inzwischen genoss er die ruhigen Spaziergänge, bevor er in den Lärm und das Chaos seiner Familie eintauchte. Er fühlte sich mehr wie ein Löwenbändiger. Besonders Lydias nervöses Hin- und Herrennen in der winzigen Wohnung raubte ihm seine Gelassenheit. Erstaunlich, doch sie räumte tatsächlich auf. Leider verbreitete sie dabei eine solche Unruhe, das Cleo panisch auf den Schrank und Hannibal unter das Sofa flüchteten. Nico und Sascha liefen aufgeregt hinter ihr her und verteilten ihr Spielzeug oder was sie dafür hielten neu. Wilhelm fand keine stille Ecke, in der er sitzen konnte, daher flüchtete er zu Frau Beierlein.

„Wird es Ihnen zu viel? Kommen Sie ruhig herein. Soll ich uns einen Tee kochen?", fragte sie, und Wilhelm nahm dankend an. Erst als ihm Frau Beierlein einen Pfefferminztee vorsetzt, bereute er es. Er verstand unter Tee anscheinend etwas anderes als seine Nachbarin. Aus Höflichkeit leerte er mit Todesverachtung zwei Tassen. Er wurde dafür mit einer aufmerksamen Zuhörerin belohnt. Frau Beierlein verstand seine Lage und bedauerte ihn sehr.

„Kommen Sie her, wenn es Ihnen unten zu laut ist. Sie können hier gern musizieren. Mein Sohn spielt Saxofon und meine Tochter Klavier. Bei uns war immer was los. Natürlich mussten sie ständig gleichzeitig üben und die alte Frau Steffens hat sich dann öfter beschwert. Ja, Ärger mit den Nachbarn gab es auch früher", erinnerte sie sich. Dann erzählte sie von ihren Kindern. Als Wilhelm aufbrechen wollte, fragte sie: „Wie ist es mit der Wäsche? Sie haben selbstverständlich eine Waschmaschine?"

„Ja, aber nur eine kleine und die Wäsche trocknet nicht schnell genug im Bad."

„Warum hängen Sie sie nicht im Garten auf? Bringen Sie morgen die Schmutzwäsche. Ich lasse sie in meiner Maschine laufen. Anschließend trocknen wir sie draußen. Es soll trocknes Wetter sein. Ich bügle Ihre Wäsche auch. Bestimmt kann ich es Ihrer Schwester beibringen und am nächsten Donnerstag hüte ich die Kinder, damit Sie zu Ihrem Musikabend gehen können."

„Das kann ich unmöglich annehmen." Er schüttelte den Kopf.

„Natürlich. Ich freue mich, wenn ich wieder einmal Kinder um mich habe." Sie strahlte ihn an. Und er sah, dass sie es ehrlich meinte.

Obwohl Frau Beierlein viel von früher erzählt hatte, fühlte sich Wilhelm wohl, als er in seine Wohnung ging. Die Kinder spielten in ihren Betten, statt zu schlafen und Lydia saß vor dem Fernseher.

„Musst du mich so lange allein lassen?", maulte sie.

„Das hast du die letzten Tage mit mir auch gemacht." Wilhelm bückte sich, hob ein paar Autos auf und räumte das Spielzeug weg.

„Lass die Höhle der Kinder stehen, die haben so schön damit gespielt. Hör doch mit der Räumerei auf", fuhr Lydia auf.

„Und wo soll ich schlafen? Die Höhle können sie morgen neu bauen." Wilhelm zog die Wolldecke vom Couchtisch und schob ihn zur Seite.

„Musst du jeden Tag zur selben Stunde ins Bett gehen?", stichelte Lydia.

Tatsächlich ließ Wilhelm sich erweichen und holte eine Flasche Wein hervor.

Jetzt war er mit Zuhören dran. Lydia erzählte von ihrem Leben als Hausfrau in einer Vorstadt. Dabei wollte sie lieber den Trubel der Großstadt genießen. Seit Jahren hatte Wilhelm sich nicht mehr so intensiv mit Lydia unterhalten, wie an diesem Abend. Erschrocken stellte er fest, wie sehr sie sich langweilte und sich mit oberflächlichen Aktivitäten betäubte.

„Du solltest dir eine Aufgabe suchen." Er massierte sich die Schläfen und überlegte, was er vorschlagen könnte.

„Wie denn mit drei Kindern?" Resigniert zuckte sie die Schultern.

„Du hast doch Hilfe, notfalls suchst du dir zusätzlich eine Tagesmutter. Auf jeden Fall gehst du in der Mutterschaft nicht auf und brauchst dringend eine sinnvolle Tätigkeit. So tust du niemandem einen Gefallen, weder Horst noch den Kindern."

Am Samstagmorgen holte Wilhelm Brötchen und deckte den Tisch, bevor er Lydia weckte. Gemütlich aßen sie und Wilhelm hörte Nico zu, der von ihrem

Seeräuberleben in der Höhle erzählte. Lydia studierte die Wohnungsanzeigen und telefonierte herum.

„Ich fürchte, ich werde den ganzen Tag unterwegs sein, aber ich beeile mich", versprach sie. „Du kommst wirklich mit den Kindern klar?"

Wilhelm schaute sie erstaunt an. So fürsorglich war sie die letzte Zeit nicht gewesen.

„Frau Beierlein hat mir gestern ihre tatkräftige Hilfe versprochen. Aber es wäre nett, wenn du zurück wärst und hilfst, bevor die fast achtzigjährige Dame sämtliche Arbeit für dich erledigt hat", meinte er zynisch.

Sobald seine Schwester weg war, wusch er ab und räumte die Küche auf. Er war damit fertig, bevor Frau Beierlein kam. Sie hatte extra gewartet, um die jungen Leute, die so lange schlafen, nicht zu wecken.

„Sortieren Sie die Wäsche nach der Farbe, sonst haben Sie bald rosa Unterwäsche." Sie zog ein Wäscheetikett heraus und zeigte ihm die Symbole, dann füllte sie seine Maschine. Die restliche Wäsche packten sie bei Frau Beierlein hinein. „Sie können einkaufen gehen. Ich gehe mit den Kindern auf den Spielplatz. Können Sie Radfahren?" Und als Wilhelm nickte: „Nehmen Sie doch mein Rad, damit schaffen Sie mehr weg." Als sie merkte, wie unsicher Wilhelm war, machten sie gemeinsam eine Einkaufsliste. Wilhelm musste trotz des Fahrrads dreimal fahren. Er staunte, wie viel sie benötigten: Babymilch, Windeln, Tierfutter, Katzenstreu, Klopapier. Klopapier löste sich in letzter Zeit anscheinend in Luft auf. Wilhelm konnte sich nicht erinnern, jemals so viel verbraucht zu haben wie in der vergangenen Woche. Und natürlich kaufte er bergeweise Lebensmittel.

Er kam gerade rechtzeitig von der letzten Tour zurück, um Frau Beierlein den schweren Wäschekorb zu entreißen und ihn nach unten zu tragen. „Na, bei dem schönen Sonnenschein wird die Wäsche schnell trocknen", prophezeite sie.

„Und die Kinder machen sich nicht so dreckig wie bisher", stellte Wilhelm fest.

„Vor allem können sie sich an der frischen Luft richtig austoben. Sonst konnten sie nur kurz hinaus. Vielleicht bekommen wir ein paar schöne Monate." Geschickt hängte sie die Teile auf. Wilhelm staunte, wie schnell sie war und das in ihrem Alter. Wilhelm brauchte erheblich länger, die Stücke akkurat zu befestigen. So hatte Frau Beierlein fast die gesamte Wäsche aufgesteckt, bevor er eine Handvoll Socken an die Leine gebracht hatte.

„Kinder kommt, jetzt kochen wir", rief sie.

„Was gibt es?", fragte Nico. „Ich habe Hunger."

„Hunger", echote Sascha.

„Erst einmal müssen wir das Essen zubereiten, dabei könnt ihr uns helfen", schlug Frau Beierlein vor. Sie gab den Kindern gar keine Gelegenheit zum Toben, sondern stellte sie zum Arbeiten an.

Sie legte für sie Holzbrettchen auf den Küchentisch und ließ sie Tomaten, Paprika und Gurken für einen Salat kleinschneiden. Dabei übersah sie verständnisvoll, dass die Kleinen einen Teil in den Mund steckten und auch Hannibal großzügig berücksichtigten. Nebenbei kochte sie Spaghetti und eine Tomatensoße und beaufsichtigte Wilhelm bei der Fläschchenzubereitung. Erst als er Anna-Lena fütterte, gab sie Tipps. Wilhelm wurde von Tag zu Tag geschickter.

Anschließend windelte er sie. So einfach, wie es bei der Nachbarin aussah, war es nicht. Er öffnete die volle Windel. Sie strampelte und fuhr mit dem Fuß durch den Inhalt und verteilte ihn über das gesamte

Bein. So schnell konnte er gar nicht zulangen. Endlich schnappte er es, hielt aber nur das dreckige Beinchen fest. Mit dem freie strampelte sie weiter. Während er den Stuhl abwischte, hinterließ das zweite ebenfalls eine braune Spur. Verzweifelt wischte er mit dem Lappen über Füße, Beine und Po. Sehr hygienisch fand er es nicht und wirklich sauber wurde es auch nicht.

„Am besten baden", empfahl Frau Beierlein, die vorbei schaute. „Soll ich helfen?"

Wilhelm schüttelte den Kopf, klemmte das Baby unter den Arm und ließ Wasser in das Waschbecken ein.. Anna-Lena spielte im Wasser und brabbelte zufrieden vor sich hin. Und ihr Onkel schrubbte sie, ängstlich bedacht, sie festzuhalten. Endlich war er zufrieden, hob sie aus dem Wasser und wollte sie anziehen. Bevor er jedoch die Windel geschlossen hatte, pinkelte sie. Dabei wurden das Handtuch und sein Hemd nass.

„Kannst du nicht warten, bis du die Windel umhast", knurrte er. Anna-Lena sah ihn an, verzog ihr Gesicht und fing an zu schreien. „So habe ich nicht gemeint."

Er summte ein Lied und kitzelte ihren Bauch. Gleich lächelte sie wieder. Zum Glück war es manchmal einfach, ein Baby zu erfreuen. Nach dem Essen legte Frau Beierlein die Kinder resolut auf dem Matratzenlager zur Mittagsruhe. Sie selbst verzog sich auf ihr Sofa. Dankbar nahm sich Wilhelm ein Buch. Seit Lydias Invasion war es die erste wirklich freie Stunde für ihn. Natürlich wachten die Kinder viel zu früh auf. Lydia war bislang nicht zurück und so packte Wilhelm Anna-Lena in den Kinderwagen, zog die Jungen an, nahm Hannibal an die Leine und ging mit ihnen in den Stadtpark. Am Teich entdeckten sie Enten. Die Kinder waren eine Zeit lang mit ihnen beschäftigt.

„Ich will sie füttern", sagte Nico und schaute seinen Onkel auffordernd an. Wilhelm schüttelte bedauernd den Kopf. An Brot hatte er nicht gedacht.

„Ihr könnt meine Kekse haben", sagte eine grauhaarige Dame, die auf der Bank saß. Sie kramte in ihrer Handtasche und zog Butterkekse heraus.

Ungeduldig riss Nico die verschlossene Packung auf. „Wie heißt es?", soufflierte Wilhelm.

„Danke", sagten beide im Chor.

„Das Papier!", raunte Wilhelm.

Nico sah ihn verständnislos an, deshalb zeigte er auf die Fetzen auf dem Weg. Diesmal begriff Sascha schneller und sammelte den Müll ein und reichte ihn seinem Onkel.

Während Nico und Sascha die Enten fütterten, schaute die Dame ihnen lächelnd zu. Dann beugte sie sich über den Kinderwagen und schäkerte mit Anna-Lena. „Sie können stolz auf Ihre Kinder sein. Solche hübschen Jungen und erst das Baby! Und so wohlerzogen. Die meisten Kinder sind heute frech. Da sieht man gleich, ob die Eltern sich um ihren Nachwuchs kümmern." Wilhelm kam gar nicht dazu, den Irrtum aufzuklären, da die Frau beim Sprechen keine Pause machte.

Der Rückweg war problematischer. Anna-Lena hatte Hunger und schrie. Sascha war müde und schlich nur noch, bis Wilhelm ihn trug. Und Nico wollte nicht nach Hause. Er drehte sich um und lief zum Teich zurück. Wilhelm ließ den Kinderwagen stehen, setzte Sascha ab und zog Hannibal an der Leine hinter sich her, bis er Nico eingeholt hatte und an der Schulter festhielt. „Wir müssen zurück. Anna-Lena braucht ihre Milch."

„Ich will Enten füttern", schrie Nico und stampfte mit dem Fuß auf. Als Wilhelm ihn nicht beachtete, warf er sich auf den Boden und wälzte sich schreiend im Dreck. Dafür hatte Hannibal eine Hundedame entdeckt und zerrte mit aller Kraft an der Leine. Wilhelm bedauerte, nicht mehr Hände zu haben. Oder wenigstens eine Hundedame, die in seine Richtung lief.

Zu allem Überfluss rannte Sascha, der eben keinen Schritt mehr gehen konnte, Richtung Teich. Bevor Wilhelm, Hannibal im Schlepptau, ihn eingeholt hatte, verfolgte Sascha die Enten. Er stoppte nicht am Ufer, sondern schrie erst, als er nasse Füße bekam. Wilhelm fischte ihn aus dem Wasser und trug ihn zu Nico zurück.

„Blöde Enten", war Saschas Kommentar.

„Nico, komm, wir wollen doch Tante Beierlein besuchen", lockte Wilhelm.

Nico hörte auf zu schreien und sah ihn an. „Versprochen?"

„Großes Indianerehrenwort!"

Nico überlegte einen Augenblick, dann stand er auf und ging zum Parkausgang. Wilhelm beeilte sich, hinter ihm herzukommen. Auf einem Arm trug er Sascha, mit der anderen Hand schob er den Kinderwagen und am Ellbogen hing die Leine des in die andere Richtung strebenden Hannibals. Als sie zu Hause eintrafen, schmerzten seine Arme, und er war völlig durchgeschwitzt. Das Flöhehüten entwickelte sich zum Krafttraining.

„Ich habe Sie erwartet", begrüßte Frau Beierlein sie im Treppenhaus. „Das Fläschchen ist schon vorbereitet. Ich nehme das Baby und Sie waschen den Jungs die Hände." Mit einem Blick auf den triefenden Sascha sagte sie: „Hände waschen reicht wohl nicht."

„Meine Hände sind sauber", widersprach Nico.

„Wenn ihr beiden sauber und trocken seid, backen wir Kuchen", köderte sie Nico.

Wilhelm ließ Nicos Proteste nicht durchgehen. Unerbittlich schrubbte er die Hände mit der Bürste, während das Badewasser einlief. Aber ganz sauber bekam er sie trotzdem nicht. Erst in der Badewanne löste sich der Dreck.

Sobald die Jungen abgetrocknet und angezogen waren und Anna-Lena im Bett lag, stürzten sich Nico und Sascha bei Frau Beierlein auf die Zutaten.

„Können Sie die Wäsche abnehmen? Vorhin war sie nicht trocken, aber jetzt wird es draußen feucht, da trocknet sie nicht weiter", bat Frau Beierlein.

Gehorsam nahm Wilhelm den Korb und holte die Wäsche. Die Kinder sahen weiß vom Mehl und glücklich aus, als er wieder hochkam.

„Wir backen unseren eigenen Kuchen", berichtete Nico und zeigte auf eine kleine Backform, in die Frau Beierlein etwas Teig tat.

„Gut, dann wascht euch erst einmal die Hände, bevor ich euch abbürste", befahl Frau Beierlein und krempelte die Kinderärmel hoch. „Dann fange ich mit dem Bügeln an. Nico und Sascha können dabei malen."

„Wie schaffen Sie es bloß, die Jungen zu beschäftigen und nebenbei auch noch den Haushalt zu machen?", staunte Wilhelm. „So bald ich mich umdrehe, um zu kochen oder aufzuräumen, machen sie bei mir Blödsinn."

„Oh, Müttern wachsen auf dem Hinterkopf Augen." Frau Beierlein lachte und räumte schnell den Küchentisch auf. Nebenbei sprudelte das Wasser in die Spüle. Als die Kinder sauber waren, bekamen sie Geschirrtücher in die Hand und durften Löffel und Rührschüssel abtrocknen. Stolz bearbeiteten sie die Teile.

Erst am späten Nachmittag kehrte Lydia zurück, da bügelte Frau Beierlein längst ihre Wäsche.

„Es hat leider nicht geklappt, aber morgen schaue ich mir zwei neue Wohnungen an. Die eine soll kindgerecht sein. Der Makler hat sie in den höchsten Tönen gelobt und versprochen, sie mir zuallererst zu zeigen. Möglicherweise wirst du mich bald los." Sie strahlte ihren Bruder voller Hoffnung an.

„Fein, aber vielleicht hilfst du jetzt Frau Beierlein, die hat nämlich schon deine Wäsche gewaschen, deine Kinder abgefüttert und beaufsichtigt. Jetzt bügelt sie gerade deine Blusen und T-Shirts", brachte Wilhelm sie auf den Boden der Tatsachen zurück. Lydia schnitt eine Grimasse, bevor sie pflichtbewusst in die Küche ging und sich von Frau Beierlein zeigen ließ, wie man Hemden faltenfrei hinbekommt. Frau Beierlein besaß pädagogisches Geschick. Zuerst zeigte und erläuterte sie Lydia alles, dann drückte sie ihr das Bügeleisen in die Hand und kontrollierte sie.

„Meine Mutter hat es selbst gemacht. Sie meinte, ich könnte es nicht. Und jetzt macht es meine Haushälterin", erklärte Lydia.

„Wollen Sie denn Ihr Leben lang ihre Wäsche zu Ihrem Ex-Mann bringen?", fragte Frau Beierlein.

Lydia stutzte, dann lachte sie. „Nein, natürlich nicht. Es ist nett von Ihnen, mir zu helfen. Sie können es auch so schön erklären."

„Ich bin Schneiderin und habe jahrelang unseren Lehrlingen alles zeigen müssen."

„Dann können Sie mir nähen beibringen", begeisterte sich Lydia.

„Sachte, eins nach dem anderen", dämpfte Frau Beierlein Lydias Überschwang.

Als Wilhelm die übliche Runde mit Hannibal antrat, begegnete er im Treppenhaus Frau Hansen.

„Guten Abend, gehen Sie jetzt regelmäßig mit dem Hund spazieren?", erkundigte sie sich.

„Ja, und erstaunlicherweise finde ich es sogar angenehm, mich vor dem Schlafengehen zu bewegen. Am schönsten ist natürlich die Flucht vor dem Kindergeschrei", antwortete Wilhelm.

Frau Hansen lachte. „Hätten Sie etwas dagegen, wenn ich mich anschließe? Oder wollen Sie lieber allein sein? Das kann ich verstehen, bei dem Tumult, der in Ihrer kleinen Wohnung herrscht."

„Nein, gern, ein Gespräch zwischen Erwachsenen ist schließlich etwas anderes." Wilhelm freute sich wirklich auf einen Gedankenaustausch mit dieser netten Frau.

„Ich bin gleich wieder da, ich ziehe mir nur andere Schuhe an", versprach Frau Hansen und eilte die Treppe hinauf. Fünf Minuten später kam sie wieder herunter. Sie hatte nicht nur die Schuhe gewechselt, sondern war in eine Jeans geschlüpft.

Wilhelm war bereits früher aufgefallen, wie gepflegt und elegant Frau Hansen gekleidet war. Selbst in Jeans wirkte sie gut angezogen. Ihre kurzen, blonden Haare waren frisch frisiert. Neben der schlanken und attraktiven Frau kam sich Wilhelm dick und hässlich vor. Er achtete zwar peinlich auf die Kleidung, aber seinen Körper hatte er jahrelang vernachlässigt.

Schüchtern suchte er nach einem Gesprächsthema, aber ihm fiel nichts Passendes ein. Still gingen sie in den Stadtpark. Frau Hansen schritt forsch aus und Wilhelm hatte Mühe hinterherzukommen, obwohl er in den letzten Tagen regelmäßig mit Hannibal Gassi gelaufen war. Er kam sich schrecklich schwerfällig vor.

Erst nach einigen Minuten, meinte Frau Hansen: „Schön, diese Ruhe und die frische Luft. Nach so einem Tag im Laden bin ich völlig abgespannt und brauche erst einmal Ruhe." Dann schwiegen sie wieder.

„Haben Sie morgen frei oder überlässt Ihre Schwester Ihnen wieder die Kinder?", fragte sie.

„Sie will sich morgen ein paar Wohnungen anschauen." Wilhelm bückte sich, um zu kontrollieren, was Hannibal gerade fraß. Doch der Hund knurrte ihn nur an und als Wilhelm todesmutig versuchte, ihm das Stück wegzunehmen, schnappte er zu. Zum Glück erwischte er nur den Ärmel, da Wilhelm wegzuckte. Allerdings riss er dabei ein Loch hinein.

„Lieber die Jacke als die Hand." Frau Hansen betrachtete sich den Schaden. Dann bückte sie sich nach einem Ast und warf ihn ein Stückchen in Richtung ihres Weges. Sie hatte Glück. Hannibal spuckte das Papier aus und hing hechelnd in der Leine bei dem Versuch, das neue Spielzeug zu erreichen. „Wie haben Sie denn den heutigen Tag überstanden?"

„Frau Beierlein hat die Kinder gehütet, für uns gekocht, gewaschen und gebügelt", gestand Wilhelm.

„Und war restlos glücklich, für andere sorgen zu dürfen. Trotzdem sollten wir ihr ein paar Stunden Ruhe gönnen", meinte Frau Hansen. „Ich würde die Kinder gern in den Zoo einladen, haben Sie etwas dagegen?"

„Wird es Ihnen nicht zu viel? Sie wollen sich sicherlich erholen." Wilhelm war es peinlich, dass die Nachbarinnen ihm die Arbeit abnahmen.

„Den ganzen Tag an der frischen Luft und die Freude der Kinder zu sehen, ist für mich Erholung."

Nach einer Weile fügte sie hinzu: „Wer keine eigenen Kinder hat, muss sich halt ab und zu fremde ausleihen, um sich an ihnen zu erfreuen."

„Ob die Kleinen Sie wirklich beglücken werden?", antwortete Wilhelm skeptisch.

„Man bleibt jung, wenn man sich mit jungen Menschen umgibt. Kommen Sie morgen mit?"

„Gern, wenn Sie es wirklich ernst meinen." Wilhelm konnte sich nicht vorstellen, wie jemand freiwillig seine Neffen ertrug.

„Sonst würde ich es nicht anbieten. Ich lasse mich schon nicht ausnutzen." Frau Hansen nahm Hannibal den Ast ab und warf ihn wieder weg.

Wilhelm schaute sie von der Seite an. Ja, sie konnte energisch sein. Bisher war sie ihm kalt erschienen, aber diese Meinung hatte er in den letzten Tagen berichtigt.

„Ich hole Sie morgen um neun Uhr ab", sagte sie, als sie sich vor der Wohnungstür trennten.

„Ich weiß nicht, ob wir es schaffen pünktlich fertig zu sein", stotterte Wilhelm.

„Dann helfe ich, aber sonst wird es zu spät. Einen schönen Abend", wünschte sie und stieg die Treppe hinauf.

Im Zoo

Am nächsten Tag herrschte Chaos. Obwohl Lydia und Wilhelm gemeinsam anpackten, hatten die Jungen nicht gefrühstückt, als Frau Hansen um neun Uhr klingelte. Nico und Sascha sprangen auf und rannten zur Tür.

„Seid ihr fertig?", fragte Frau Hansen.

„Wir haben noch nicht gegessen", gestand Wilhelm.

„Dann beeilt euch, in einer halben Stunde gehe ich mit oder ohne euch."

Schnell setzten sich die Kinder und aßen. Wilhelm bot Frau Hansen einen Kaffee an. Lydia hastete vorbei. „Ich habe ein Fläschchen in die Warmhaltepackung getan. Anna-Lena hat gerade eben eins gehabt und ist frisch gewickelt. Eine Tasche mit Ersatzkleidung und allem Nötigen ist im Kinderwagen, das Rollbrett für Sascha ist montiert. Außerdem habe ich Saftpäckchen und Kekse eingepackt", und schon lief sie wieder hinaus.

„Dafür habe ich bisher nichts im Magen", meinte Wilhelm und strich sich ein Marmeladenbrot.

Nico und Sascha hatten inzwischen ihr gesamtes Brot in den Mund gestopft und konnten nicht mehr kauen. Geduldig reichte ihnen Frau Hansen Milch zum Einweichen und Hinunterspülen.

Sobald sie fertig waren, liefen sie freiwillig zum Zähneputzen.

„Es ist nett, dass Sie sich mit meinen Kindern abplagen", sagte Lydia, die endlich Zeit zum Essen fand. „Ich bin ständig unterwegs, um eine Wohnung zu finden. Wollen wir uns nicht duzen? Ich bin Lydia und das ist Wilhelm." Es hatte sie seit Tagen gestört, diese hilfsbereiten Nachbarn zu siezen, aber Wilhelm war halt so umständlich. Wahrscheinlich würde er Frau Hansen in zehn Jahren noch siezen.

„Ich heiße Karo", lächelte Frau Hansen. Die beiden Geschwister passten überhaupt nicht zusammen, stellte sie fest. Wilhelm tat ihr immer mehr leid. Aber vielleicht sorgte diese Nervensäge von Schwester dafür, dass er etwas freier wurde.

„Fahren wir los?" Eifrig zog Nico sich die Schuhe selbst an. Wilhelm musste nur die Schnürsenkel binden und die eigenen Schuhe anziehen. Karo kümmerte sich um Sascha und Lydia trug Anna-Lena die Treppe hinunter.

Da Karo ab und zu ihre Nichten im Auto mitnahm, besaß sie sogar Kindersitze. „Ich wollte den Babysitz zum Kirchenbasar bringen, aber dann musste ich Überstunden machen und habe den Termin verpasst", erzählte sie und schnallte die Kinder an.

„Wie gut für uns", meinte Wilhelm.

„Gibt es Elefanten?", fragte Nico.

Karo bestätigte es.

„Und Löwen?" Gleich darauf: „Was fressen die?" In einem fort fragte und fragte er. Während Sascha still da saß und am Daumen lutschte.

Schließlich sang Wilhelm Lieder, die er aus seiner eigenen Kinderzeit kannte, damit Karo sich auf den Verkehr konzentrieren konnte.

Beim Zoo waren die Parkplätze belegt, aber nach einigem Suchen fanden sie in einer Nebenstraße eine enge Lücke. Allerdings musste Wilhelm mit den Kindern aussteigen, bevor Karo hineinfuhr, weil sich die

Türen danach nicht mehr öffnen ließen. Karo schlängelte sich anschließend gekonnt durch den schmalen Ritz.

Ganz so harmonisch, wie Wilhelm gehofft hatte, verlief der Vormittag nicht. Die Kinder bewunderten die Giraffen, standen lange bei den Affen und staunten über deren Streitereien. Wilhelm kaufte in einem Automaten Tierfutter.

Unerfahren, wie er war, drückte er es Nico in die Hand. Natürlich beanspruchte der die Packung für sich und gab Sascha nichts ab. Sascha grapschte danach, doch Nico hielt sie über seinen Kopf und alles Springen, Zerren, Kratzen und Schreien von Sascha half nichts. Er kam nicht dran und Nico teilte nicht mit ihm. Stattdessen schubste er seinen Bruder weg.

„Ich auch", jammerte der Kleine. Da Wilhelm Nico nicht mehr bewegen konnte, seinem Bruder etwas abzugeben, besorgte er notgedrungen eine zweite Schachtel. Jetzt warfen Nico und Sascha das Futter begeistert in das Gehege. Allerdings fielen Saschas Teile direkt hinter die Absperrung und als Wilhelm ihm helfen wollte, schmollte er.

„Schau mal", rief Nico und zeigte auf einen Affen, der einem kleineren etwas wegnahm.

„Kommt mir bekannt vor", murmelte Wilhelm. Er drehte sich suchend nach Sascha um. „Nein, nicht essen, davon wirst du krank." Er nahm Sascha die Packung weg und pullte die Brocken aus seinem Mund.

„Es ist bestimmt nicht gefährlich", tröstete Karo.

„Wirklich?" Wilhelm besah sich den durchgekauten Matsch in seiner Hand und schüttelte sich.

„Ich muss mal", sagte Nico plötzlich, nachdem die Schachtel leer war und er sie einfach auf den Weg warf. Pflichtbewusst bückte sein Onkel sich und hob den Müll auf.

„Dann suchen wir eine Toilette", sagte Wilhelm.

„Ich muss sofort." Nico trat von einem Bein aufs andere.

Karo schaute sich um und zeigte auf ein Schild. Also beeilten sie sich, in die angegebene Richtung zu laufen. Nico klagte andauernd und Karo schlug vor, ihn hinter einem Busch abzuhalten.

„Nein, nicht hier!", protestierte Nico empört.

„Entweder hältst du es noch aus oder wir nehmen den Busch", sagte Wilhelm.

Ohne zu antworten, lief Nico weiter, dabei wurden seine Schritte immer kleiner.

Endlich erreichten sie die Toiletten am Ende des Zoos und Wilhelm eilte mit Nico hinein. Eine erfahrene ältere Dame erkannte den Notstand und schob sie an den Wartenden vorbei zu den Kabinen. Trotzdem war es vergeblich. Als Wilhelm Nico die Hose öffnete, pinkelte der Kleine los. Wild schluchzend wollte er nur noch nach Hause.

„Das ist doch nicht so schlimm." Allerdings wusste sein Onkel auch keinen Rat. Mit nasser Hose gingen sie wieder hinaus. Nico hielt sich an der Hand fest und versteckte sich hinter Wilhelms Beinen.

„Wir haben Ersatzsachen mit." Karo öffnete die Windeltasche und wühlte sie durch. Sie fand aber keine passenden Sachen. Anscheinend hatte Lydia nur für Anna-Lena und Sascha etwas eingepackt.

„Und nun?", fragte Wilhelm leise.

Karo musterte Sascha. „Wir tauschen einfach", meinte sie. „Der Slip passt sicher. Und Sascha zieht die Hose aus und bekommt die Reservehose. Das müsste gehen." Tatsächlich ging es. Saschas Hose war Nico zwar viel zu kurz, aber der Bund passte.

Bei der Umkleiderei stellten sie fest, dass Sascha eine neue Windel brauchte, deshalb ging Karo mit Sascha zum Wickeltisch. Aber sie kam unverrichteter Dinge wieder heraus. Er wollte sich partout nicht helfen lassen. Zu dritt standen sie auf einer Parkbank einen Ringkampf durch, bis er von dem nassen Ding befreit war. Inzwischen schrie Anna-Lena wie am Spieß, weil sie Hunger hatte. Dabei begann die Vorführung der Elefanten gerade. „Ich füttere sie, geh du mit den Jungen zu den Elefanten", schlug Karo vor und holte das Fläschchen aus der Warmhaltepackung.

„Willst du nicht lieber zusehen?", fragte Wilhelm.

„Los, beeilt euch, sonst kommt ihr zu spät."

Wilhelm nahm Sascha erst an die Hand, und nach ein paar Schritten auf den Arm. Dann eilte er gemeinsam mit Nico den Weg entlang. Beim Elefantengehege standen allzu viele Zuschauer und sie konnten daher nichts erkennen. Nico drängte sich rücksichtslos durch und Wilhelm blieb nichts anderes übrig, als hinterherzulaufen, um ihn nicht zu verlieren.

„Ich stand zuerst hier", meckerte ein älterer Herr. Wilhelm tat, als hätte er nichts gehört und schob sich weiter, in der ständigen Angst, Nico zu verlieren. Obwohl Nico so klein war und durch alle Lücken schlüpfte, schaffte er es nicht, bis ganz nach vorne. Damit die Kinder überhaupt etwas sahen, hob Wilhelm sie abwechselnd hoch. Er selbst bekam nicht allzu viel mit. Natürlich nörgelte das Kind, das er gerade absetzte. Wilhelm taten nach einer Weile die Arme weh, und er schwitzte. Irgendwann, als er gerade Sascha auf die Schultern gesetzt hatte, verlor er Nico aus den Augen.

„Nico, Nico", rief er. Aber er erhielt keine Antwort. Sein Versuch, sich weiter nach vorne zu schieben, scheiterte an zwei Männern in Bodybuilderformat und einer gebrechlichen alten Dame. Er hoffte nur, dass Nico vorne stehen bleiben und nicht gleich nach der Vorführung mit den übrigen Zuschauern weglaufen würde.

Endlich gingen die Leute auseinander und Wilhelm stemmte sich gegen den Strom nach vorne. Nico war nicht mehr da. Erschrocken drehte er sich um. Nirgends konnte er das Kind sehen. „Nico, Nico", brüllte er. Hoffentlich ging der Junge nicht mit anderen Besuchern durch den nahen Ausgang nach draußen. Er eilte den Weg weiter bis zu den Löwen. Nichts, kein Nico. Also drehte er um und rannte in die entgegengesetzte Richtung bis zu den Seehunden. Nirgends war Nico zu entdecken. Panik erfasste ihn. Er hetzte zurück und schlug den dritten Weg zu Karo ein. Auf seinen Schultern wimmerte Sascha: „Nico, Nico weg."

Auch bei Karo war er nicht.

„Wo sollen wir jetzt noch suchen? Am besten rufe ich die Polizei."

„Es gibt hier bestimmt eine Sammelstelle für verloren gegangene Kinder", beruhigte Karo. Also gingen sie wieder zum Eingang zurück und fragten an der Kasse nach einem kleinen, blonden Jungen mit einem roten Pulli und einer viel zu kurzen Hose.

„Eine Familie hatte einen Jungen gefunden. Er wollte uns nicht sagen wie er heißt und auch nicht bei mir bleiben. Deshalb sind sie zum Spielplatz gegangen."

Wilhelm ließ Sascha bei Karo und hastete in die angegebene Richtung. Ein Stein fiel ihm vom Herzen, als er von weitem Nico auf der Schaukel sitzen sah.

„Mann, Nico, du kannst nicht einfach weglaufen. Ich habe dich schon überall gesucht", schimpfte er.

„Du warst weg", verteidigte sich der Junge.

„Klar, du hast dich durch die Menschenmenge geschoben, da konnte ich nicht hinterher. Ich bin viel größer als du." Erst jetzt drehte er sich zu dem jungen Paar mit einem rothaarigen Mädchen um. „Sie haben ihn gefunden? Vielen Dank."

„Er stand ganz allein nach der Vorführung der Elefanten am Gitter und weinte, da haben wir ihn mitgenommen, um ihn ausrufen zu lassen."

„Wir haben uns in der Menschenmenge aus den Augen verloren", erklärte Wilhelm und drückte der Mutter zehn Euro für ein Eis in die Hand.

„Wir haben es gern gemacht."

„Sicher wollten Sie sich lieber die Tiere ansehen, als meinen Neffen zu hüten." Wilhelm grinste sie an. „Wenn Sie kein Eis wollen, dann kaufen Sie ein Andenken." Er bedankte sich ein weiteres Mal, nahm Nico an die Hand und wollte gehen. Sicher hätte er Nico an der Absperrung zum Gehege gefunden, wenn diese nette Familie ihn nicht gleich mitgeschleppt hätte. Aber er war froh, den Neffen wiederzuhaben.

Nico sah es leider anders. „Ich will hierbleiben." Mit diesen Worten riss er sich von der Hand los.

„Aber Sascha und Karo warten", sagte Wilhelm. Doch Nico tobte schon mit dem rothaarigen Mädchen herum. Sie liefen um die Wette zum Klettergerüst.

„Nico, die anderen warten!" Es half nichts. Wilhelm musste hinterherlaufen und Nico einfangen.

„Ich will aber nicht!" Wütend stampfte Nico mit dem Fuß auf.

„Die Familie will sicher auch weiter."

„Nein, will sie gar nicht. Sie wollen hier spielen. Und Jana ist nett. Sie ist meine Freundin."

Diesmal hatte Wilhelm Glück.

„Wir müssen jetzt gehen. Jana hat keine Zeit mehr zum Spielen", sagte die Mutter und zwinkerte Wilhelm zu. „Komm Jana."

Das Mädchen sprang sofort heran und ging zwischen seinen Eltern weiter.

Neidisch sah Wilhelm hinterher. Warum konnte es mit Nico und Sascha nicht so einfach sein?

Immerhin kam Nico jetzt ohne weiteres Theater mit. Nachdem sie die anderen an der Kasse abgeholten hatten, schafften sie es gerade rechtzeitig zur Fütterung der Seehunde. Während die Kinder zusahen, kippte Wilhelm den Sandkastensand aus seinen Schuhen.

Natürlich konnte Sascha weder stundenlang laufen noch auf dem Brett stehen und so musste ihn Wilhelm nach einer Weile wieder tragen. Auch Nico mochte nach einer Stunde nicht mehr. Also spendierte Wilhelm im Restaurant Pommes frites und Würstchen und die Kinder konnten sich erholen. Selbst danach musste er sie mit Eis locken, um weiter zu kommen.

„Am besten gehen wir auf den Spielplatz", schlug Karo schließlich vor.

„Spielplatz, ja", und schon rannte Nico in die Richtung, in der er ihn vermutete. Sascha folgte ihm.

„Ich dachte, die beiden können nicht mehr", staunte Wilhelm und blickte kopfschüttelnd den Kindern hinterher, die gerade eben völlig erledigt gewesen waren.

Karo lachte. „Zur großen Rutsche und der Raupenschaukel können sie allemal laufen."

„Das hätten wir bequemer haben könne. Ohne teuren Eintritt in den Zoo."

„Die wichtigsten Tiere haben wir gesehen: Die Pinguine und Seehunde, die Giraffen, die Affen und die Elefanten", meinte Karo.

„Aber die Löwen, die Bären und die Kängurus?", zweifelte Wilhelm.

„Löwen und Bären sind schrecklich langweilig. Die schlafen nur. Nein, mehr schaffen wir nicht. Das kenne ich von meinen Nichten. Die Kleinen sind schnell müde", sagte Karo verständnisvoll und beeilte sich, Nico und Sascha zu folgen. Trotzdem holten sie die beiden erst ein, als sie bereits auf die Rutsche kletterten.

Am besten gefiel ihnen die Burg. Zufrieden bestiegen sie den Turm. Wilhelm und Karo konnten sich endlich auf einer Bank entspannen. „Schön, dass du dich geopfert und uns mitgenommen hast. Ich finde die Kleinen schrecklich anstrengend", bedankte sich Wilhelm.

„Das denken die erschöpften Mütter sicher auch. Ich bemitleide sie immer", erklärte Karo und lachte. „Dabei wollte ich früher Kinder. Inzwischen bin ich froh, wenn ich meine Nichten abends wieder abgeben darf."

Nach einer halben Stunde sammelten sie die Jungen ein und fuhren nach Hause.

„Ich wollte noch spielen", beschwerte sich Nico.

„Anna-Lena hat bald Hunger. Sie fängt gleich an zu schreien und Sascha braucht seinen Mittagsschlaf", erklärte Wilhelm. Aber Nico maulte weiter.

„Was hat euch am besten gefallen?", fragte Karo.

„Die Burg", meinte Sascha und Nico ergänzte: „Der Spielplatz."

„Und welches Tier war am schönsten?", fuhr Karo fort.

„Die Hasen", erklärte Nico überzeugt.

Karo brach in lautes Gelächter aus.

„Das hätten wir im Stadtpark preiswerter haben können", stöhnte Wilhelm. Er schob den Kinderwagen zum Eingang.

„Aber mir hat es im Zoo gefallen. Und meine Lieblingstiere sind die Pinguine", tröstete Karo und zwinkerte Wilhelm zu.

Es spitzt sich zu

Rother stieg in den Firmenbus. Statt zu seinem Stammplatz in der Mitte weiterzugehen blieb er bei Wilhelm stehen. „Sie haben aber eine hübsche, junge Freundin. Wie sind Sie denn zu der gekommen? Das hätte ich Ihnen nie zugetraut." Er lachte mit seiner tiefen Stimme jovial.

„Was? Petermann hat eine Freundin?", quietschte Finn.

„Er muss sie bereits ziemlich lange haben. Warum heiratet ein so ordentlicher Mensch wie Sie sie nicht? Bei drei Kindern wird es endlich Zeit." Noch immer stand Rother im Gang und die beiden letzten Kollegen konnten sich deshalb nicht setzen.

„Zum Polterabend komme ich. Was gibt es denn zu trinken?", fragte Finn.

Wilhelm warf ihm einen strafenden Blick zu. Finn verstummte auch gleich.

„Es sind nicht meine Kinder."

„Ach deshalb. Die Schönheit braucht für ihren Nachwuchs einen Versorger", warf der Kollege aus dem Vertrieb ein.

„Nun lassen Sie Herrn Petermann endlich in Ruhe. Sein Privatleben geht uns gar nichts an." Die alte Dame aus der Kantine mischte sich normalerweise nicht in die Männergespräche. Jetzt schien sie Mitleid zu haben.

Wilhelm lächelte sie an. „Es freut mich, wenn Herr Rother mir so eine junge Partnerin zutraut. Aber ich muss ihn enttäuschen. Meine Schwester ist mit ihren Kindern zu Besuch bei mir."

In der Mittagspause saß Wilhelm, wie seit achtzehn Jahren üblich, mit den beiden Damen aus der Finanzbuchhaltung an einem Tisch. Frau Stankowitz erzählte lange und ausführlich von der Krankheit ihrer Mutter, selbst als die Kollegin flüchtete, hörte ihr Wilhelm weiter aufmerksam zu. Dabei hätte er vor ein paar Tagen als Erster das Weite gesucht. Frau Stankowitz hatte bisher nie über ihre Sorgen gesprochen. Sonst unterhielten sie sich über Belanglosigkeiten, wie das Wetter oder den Urlaub. Häufig saßen sie kurz zusammen, aßen schweigsam und gingen wieder an ihren Arbeitsplatz zurück oder die Frauen machten Besorgungen.

„Es tut gut, dass alles einmal erzählen zu können", bedankte sich Frau Stankowitz. „Wissen Sie, ich habe zu Hause niemanden. Keinen Mann und keine Geschwister, mit denen ich die Probleme besprechen kann."

Wilhelm war nie fürs gute Zuhören gelobt worden, das war eine völlig neue Erfahrung für ihn. Dabei bemühte er sich stets, zu allen nett und freundlich zu sein.

Auf dem Weg zu seinem Arbeitsplatz sah er, wie die junge Frau Witkuhn etwas in den Ordnern suchte. Sie wirkte ziemlich ratlos. Blätterte herum, nahm die nächste Mappe und schien das Gewünschte nicht zu finden. „Kann ich helfen?", fragte er.

„Ich komme mit den Auslandskunden nicht zurecht." Energisch schob sie den Ordner wieder ins Regal.

Wilhelm trat an den Schreibtisch und schaute sich den Vorgang an.

„Beim letzten Mal hat mir Sven geholfen, leider habe ich vergessen, wie er es gemacht hat."

„Das war falsch. Ich musste alles zurückrufen und neu losschicken." Dann füllte er die Formulare aus und erklärte ihr geduldig den Vorgang.

„Jetzt schaffe ich es allein. Sie sollten die Schulungen für die Azubis machen, Sie können ihr Wissen gut herüberbringen", bedankte sie sich. Sie war ganz erstaunt. Diesmal hatte sie es wirklich begriffen. Dabei hatte sie bisher bewusst andere Kollegen um Hilfe gebeten, da Petermann als zu kleinlich galt, es aber hinterher trotzdem nicht gekonnt.

Wilhelm wurde vor Überraschung rot.

Der Geruch von frisch aufgebrühten Kaffee zog durch die Wohnung. Wilhelm kam mit nassen Haaren gerade aus der Dusche und traf seine Schwester im Flur.

„Anna-Lena hat Fieber." Sie schüttelte die Quecksilbersäule des Fieberthermometers herunter.

Sofort klappte er den Laptop auf und suchte nach einem Kinderarzt. „Zum nächsten ist es ein Stück zu fahren. Die Sprechstunde beginnt um neun Uhr."

Lydia schaute ihm über die Schulter. „Zweimal umsteigen mit drei Kindern? Das schaffe ich nicht. Frau Beierlein ist heute nicht da", erklärte sie mit einem panischen Blick.

Wilhelm versprach ihr also, nach der Arbeit sofort nach Hause zu kommen. Damit Lydia mit der Kleinen zum Kinderarzt gehen konnte, ohne die beiden Jungen mitzunehmen.

„Wenn es tagsüber schlimmer wird, musst du ihn eben herbestellen oder mit einem Taxi hinfahren."

Wilhelm räumte am Abend zehn Minuten vor der gewohnten Zeit den Schreibtisch auf, nur um wirklich pünktlich zu sein. Doch kurz vor Feierabend kam der Niederlassungsleiter zu ihm und wollte etwas besprechen. Wilhelm nahm seinen ganzen Mut zusammen: „Herr Weber, es tut mir leid, aber ich habe jetzt keine Zeit. Können wir das morgen klären?"

„Aber Herr Petermann, die Arbeit geht vor. Wie können Sie Ihr privates Vergnügen wichtiger nehmen?", tadelte Herr Weber.

„Es ist dringend, und die Aufstellungen laufen nicht weg. Aber meine Nichte ist krank und muss zum Arzt", erklärte Wilhelm und zog sich unbeirrt an.

Als er im Bus abgeschirmt hinter der Zeitung saß, bekam er ganz weiche Knie vor Aufregung. Um sich zu beruhigen, atmete er tief ein und aus. Das er es geschafft hatte, sich Herrn Weber zu widersetzen. Noch nie in seinem Leben hatte er einem Vorgesetzten gegenüber auf seinem Standpunkt beharrt.

Lydia ging mit der Kleinen zum Arzt, während Wilhelm die Jungen mit in den Park zum Gassi gehen nahm. Diesmal hatte er an Brot gedacht und so waren die beiden mit den Enten beschäftigt.

„Sie hat eine Mittelohrentzündung", erklärte Lydia, als sie zurückkam und stellte ein Sortiment Medikamente auf den Küchentisch.

„Du solltest nach Hause fahren. Dort hat Anna-Lena Ruhe und kann gesund werden", schlug Wilhelm vor.

Natürlich hörte Lydia ihm gar nicht zu, sondern setzte sich zu Nico und Sascha auf den Fußboden und spielte mit ihnen.

Am nächsten Morgen zitierte Herr Weber Wilhelm in sein Büro.

Mit einem mulmigen Gefühl begab sich Wilhelm zum Niederlassungsleiter. Herr Weber war für seine unberechenbare, herrschsüchtige Art im ganzen Haus bekannt. Außerdem äußerte er sich öfter abfällig über die Buchhaltung. Zum Leidwesen der gesamten Abteilung, da sich die übrigen Mitarbeiter seiner Meinung anschlossen und ungern mit den Pfennigfuchsern kooperierten. Schließlich erwirtschafteten sie keinen Gewinn. Sie waren in Herrn Webers Augen lästige und pedantische Duckmäuser. Am liebsten hätte er die Buchführung abgeschafft. Leider verhinderte es das Gesetz. Herr Borsig hatte jedes Quartal Probleme, Herrn Weber den Unterschied zwischen den von den Abteilungen geplanten Umsätzen und den tatsächlichen Zahlen zu erklären. Leider war Herr Weber der Meinung, die Differenz läge an der Unfähigkeit seiner Buchhalter.

Zum Glück hatte Wilhelm nur selten mit Herrn Weber zu tun. Meistens musste sein direkter Chef, der Abteilungsleiter Borsig, als Blitzableiter dienen.

„Haben Sie jetzt endlich Zeit? Oder müssen Sie wieder Babysitter spielen?", spottete Herr Weber.

„Es tut mir leid, aber es war wirklich wichtig", stotterte Wilhelm verlegen.

„In den letzten Tagen sind Sie ja außerordentlich unzuverlässig geworden, mehrmals sind Sie zu spät gekommen und diese Aufstellung ist ungenau", höhnte Herr Weber.

„Ich dachte, wir hätten Gleitzeit oder geht die Werksuhr jetzt ungenau?" Wilhelm kannte den Spott genau. Seit Jahren kursierte der Witz, dass die Uhr nach ihm gestellt wurde.

Verblüfft starrte ihn Herr Weber an. „Kommen wir zur Sache. Hier sind Fehler", und er wies auf mehrere Stellen im Computerausdruck.

„Sie haben recht, mir sind da zwei Fehler unterlaufen. Wer ist schon unfehlbar? Aber bei der Gegenrechnung ist es mir aufgefallen, und ich habe den Fehler korrigiert. Sehen Sie, hier sind die Stornobuchungen." Wilhelm erklärte ihm die Aufstellung ausführlich.

Natürlich konnte Herr Weber nicht zugeben, dass er die Liste nicht genau genug angesehen hatte, er polterte und zog weiter über Wilhelm her.

Unsicher, wie Wilhelm war, reagierte er nicht. Er blieb sachlich, bis sich Herr Weber ausgetobt hatte und ihn gehen ließ.

Als Wilhelm hinausging, sprach ihn die Sekretärin an. „Lassen Sie sich nicht beirren. Sie haben eine gute Art mit Herrn Weber umzugehen. Machen Sie so weiter." Dabei lächelte sie ihm aufmunternd zu.

Wilhelm hatte den Tag über viel nachzudenken. Am Abend, als er seine Sachen zusammenpackte, wechselte er wie üblich ein paar Worte mit Frau Müller, der Putzfrau.

Mit seiner neuen Sensibilität sah er ihr bedrücktes Gesicht und fragte vorsichtig, was los wäre. Damit hatte er erneut eine Schleuse geöffnet.

„Oh, Herr Petermann, mein Sohn Waldemar machen große Sorgen. Er schwänzen Schule und Lehrer rufen an und schimpfen. Waldemar sollen auf Sonderschule." Dann suchte sie ein Taschentuch und schnaubte laut. „Ich beten jeden Tag in Kirche, aber es helfen nicht."

„Hm", meinte Wilhelm, „das müssen Sie mir genauer erklären." Er schaute auf die Uhr, griff nach dem Telefon und rief den Kollegen Rother an. „Ja, hier Petermann, ich habe noch zu tun, können Sie bitte Herrn Harms sagen, dass er nicht auf mich warten soll. Danke."

Dann drehte er sich zu Frau Müller um. „So, jetzt, habe ich Zeit für Sie. Warum soll Waldemar auf die Sonderschule?"

„Der Lehrer sagen, er dumm und nicht lernen. Er böse. Alle lachen. Und Waldemar will nicht in Schule", schluchzte Frau Müller.

„Und was sagt ihr Mann dazu?"

„Der schimpfen und drohen, wenn nicht zur Schule. Aber er gehen nicht zu Lehrer, ich für Kinder da. Er sprechen schlecht deutsch."

„Wie alt ist Waldemar?"

„Dreizehn."

Wilhelm überlegte eine Weile, dann meinte er. „Bringen Sie Waldemar einmal mit. Dann prüfe ich, was er kann. Notfalls rede ich mit dem Lehrer." Wilhelm schaute auf den Terminkalender. „Am besten morgen, nach Feierabend. Waldemar soll seine Schulsachen mitbringen."

Genau um halb fünf Uhr klopfte Frau Müller an die Tür. Hinter ihr erschien ein mürrisch dreinblickender Junge.

„So, du magst nicht mehr zur Schule gehen", sagte Wilhelm.

„Schule ist blöd. Ich bleibe sowieso sitzen und gehe zur Sonderschule." Der Junge sah Wilhelm trotzig an.

„Bis zur Versetzung ist Zeit, da kannst du noch ganz viel aufholen", sagte Wilhelm.

„Nein, der Lehrer mag mich nicht. Bei dem lerne ich nichts."

„Und bei anderen Lehrern?"

Waldemar zuckte mit den Achseln. „Herrn Karstens habe ich in fast allen Fächern."

„Es gibt immer einen Weg, vielleicht finden wir ihn zusammen. Zeig erst einmal deine Hefte." Wilhelm sah sie sich gründlich an. „Du hast eine wunderbar saubere Schrift", lobte er. Schließlich diktierte er Waldemar ein paar Sätze, ließ ihn einen kleinen Aufsatz schreiben und ein paar Aufgaben rechen.

„Waldemar, was willst du einmal beruflich machen?", fragte er.

„Tischler. Bei uns in der Straße ist eine Tischlerei. Da helfe ich ab und zu. Der Chef sagt, er nimmt mich, wenn ich aus der Schule komme."

„Das ist prima. Würde er dich auch ohne Schulabschluss nehmen?"

„Das glaube ich nicht. Aber es ist egal, was ich tu, Herr Karstens mag mich nicht und will mich aus der Klasse haben." Waldemar sah missmutig drein.

„Vielleicht sollten wir einmal gemeinsam mit Herrn Karstens sprechen. Was meinst du?"

„Das bringt nichts." Waldemar schüttelte den Kopf.

„Wir sollten es nicht unversucht lassen. Du bist nicht dumm, Waldemar, du solltest auf keinen Fall auf die Sonderschule gehen. Aber wenn du schwänzt, wirst du schlechter und verärgerst zudem deinen Lehrer", appellierte Wilhelm an Waldemars Vernunft.

„Der ist bloß froh, wenn er mich nicht sieht", antwortete der Junge und hatte damit höchstwahrscheinlich recht.

„Wenn es tatsächlich so ist, dann finden wir sicher eine andere Lösung. Es gibt verschiedene Möglichkeiten ans Ziel zu gelangen. So, und jetzt gehen wir nach Hause."

Bevor Waldemar ging, suchte er Frau Müller auf und erklärte ihr, dass sie einen gemeinsamen Termin mit dem Lehrer vereinbaren sollte. Er würde mit ihm sprechen.

Wie üblich, wenn er länger gearbeitet hatte, musste er eine halbe Stunde zum Linienbus laufen. Dabei hatte er Gelegenheit sich über sich selbst zu wundern. Was ging ihn eigentlich Frau Müller und ihr Sohn an? Natürlich, sie war stets freundlich und putzte gründlich. Aber das war kein Grund, gleich seine Freizeit für sie zu opfern. Wilhelm seufzte und schüttelte den Kopf. Er staunte über sich selbst.

Zu Hause stolperte er gleich wieder über Spielzeug. Langsam gewöhnte er sich daran und rechnete inzwischen mit Fußangeln. Lydia war es egal, wie es aussah. Wenn es Wilhelm störte, sollte er selbst aufräumen. Was er natürlich jeden Abend machte. Zum Glück unterstützten Frau Beierlein und Karo ihn nach Kräften.

„Warum kommst du so spät nach Hause?", fauchte Lydia und sah von ihrer Illustrierten auf. „Hannibal muss dringend raus."

„Ja, ja, ich gehe ja schon. Währenddessen könntest du Ordnung schaffen und staubsaugen." Wilhelm schnappte sich Hannibal. Obwohl er bereits einen Spaziergang hinter sich hatte, genoss er die Ruhe und die frische Luft. Wenn Lydia auszog, würde er den Hund bestimmt vermissen. Er spürte jeden Tag, wie er körperlich fitter wurde, deshalb überlegte er kurz, ob er sich nicht einen Hund anschaffen sollte, verwarf den Gedanken aber gleich wieder. Das Tier bräuchte schließlich tagsüber Gesellschaft.

Als er zurückkam, hatte Lydia den Flur aufgeräumt, aber der Rest sah weiterhin chaotisch aus.

„Sag mal, Lydia, was tust du eigentlich den ganzen Tag?"

„Die Kinder beschäftigen, kochen, windeln, füttern, waschen", zählte Lydia auf. Sie warf Wilhelm einen giftigen Blick zu.

„Das sieht man", stellte Wilhelm trocken fest.

„Dann kämpf du doch den ganzen Tag mit den Kindern, putze die Zimmer und suche gleichzeitig eine Wohnung und einen Job", meckerte Lydia.

„Ich arbeite acht Stunden, räume euch jeden Tag hinterher, kaufe ein, gehe Gassi, bringe deine Kinder zu Bett. Das reicht. Wie willst du es eigentlich schaffen zu arbeiten? Was wird dann aus den Kleinen? Bräuchtest du nicht zuerst eine Tagesmutter?" Wilhelms Geduld ging langsam zu Ende.

„Zuerst brauche ich eine Wohnung. Aber keiner will eine alleinerziehende Frau mit drei Kindern", erklärte Lydia. Sie strich sich eine Haarsträhne zurück. Momentan sah sie mit dem fleckigen T-Shirt und den Ringen unter den Augen abgearbeitet aus und gar nicht so extravagant und lebhaft wie sonst.

„Wundert dich das? Wenn sich nicht bald etwas ändert, fliege ich deinetwegen hier raus", stellte Wilhelm klar. Sein Leben lang litt er unter Ängsten und wagte keinen neuen Anfang. Daher blieb er sowohl der Firma, als auch seiner Wohnung treu. Obwohl ihm ein Geschäftsfreund vor Jahren eine gute Stelle angeboten hatte, traute er sich nicht, sie anzunehmen. Und das Viertel war leider lange nicht mehr so angenehm, wie damals, als er hier einzog.

„Die sollen sich nicht so anstellen. Außerdem findest du problemlos etwas Anderes. Sei nicht so egoistisch", meinte Lydia kühl.

„Hast du mit Horst telefoniert?" Wilhelm hoffte, dass sein Schwager auftauchte und ihn rettete, indem er Lydia und die Kinder abholte.

„Nein, das tu ich auch nicht. Der soll sich bloß nicht melden." Lydias Augen funkelten gefährlich. Jetzt sah sie gar nicht mehr abgearbeitet aus.

„Immerhin sind es auch seine Kinder", erwiderte Wilhelm ruhig. Er sah sich nach dem Bürstenaufsatz des Staubsaugers um. Couch und Lehnsessel waren voller Katzenhaare. Nach seiner Meinung gehörte eine Katze in den Garten und nicht auf sein Bett.

„Er kümmert sich gar nicht um sie. Sie sehen ihn am Wochenende. In der Woche kommt er regelmäßig erst spät nach Hause, da schlafen die Kinder längst. Kannst du dich nicht endlich hinsetzen?" Wilhelms Herumlaufen nervte sie.

„Wenn du den Bürstenaufsatz wieder in den Staubsauger gepackt hättest, müsste ich nicht suchen." Gereizt hob Wilhelm die Kissen von Sesseln und Sofa hoch, schaute auf dem Bücherregal und sogar im Wohnzimmerschrank nach. „Immerhin lebt ihr von seinem Geld recht gut." Er klang etwas undeutlich, weil sein Kopf im Sofakasten steckte.

„Geld, Geld, ist schließlich nicht alles. Ich will einen Mann und einen Vater für die Kinder", schrie Lydia. Sie sprang auf und stürzte aus der Wohnung.

Unter dem Schrank fand Wilhelm endlich die Staubsaugerdüse und reinige die Polstermöbel. Da er sowieso dabei war, saugte er die gesamte Wohnung. Nico und Sascha durften abwechselnd auf dem Staubsauger reiten. Er hatte in der letzten Woche eine Rolle verloren und das Rohr ließ sich nicht mehr zusammenschieben. Sobald Lydia mit ihrer Menagerie ausgezogen wäre, würde er die Wohnung vorrichten, Teppiche verlegen lassen und sich eine Waschmaschine und einen Staubsauger anschaffen müssen.

Am nächsten Tag telefonierte Wilhelm gleich morgens mit Horst.

„Wie geht es Dir? Bring Lydia dich zum Wahnsinn?", erkundigte sich sein Schwager.

„Seit fast zwei Wochen pflegt sie ihre Weltuntergangsstimmung bei mir. Kannst du sie nicht endlich abholen?", bat Wilhelm.

„Nein, sie muss von sich aus zurückkommen", stellte Horst klar.

„Das wird sie nicht. Sie wird nie zugeben, dass sie im Unrecht war", erklärte Wilhelm.

„Dann muss sie sehen, wie sie alleine klarkommt. Vielleicht lernt sie es noch. Es wird langsam Zeit, dass sie erwachsen wird."

„Horst, es können nicht fünf Leute plus Hund und Katze in meiner kleinen Zwei-Zimmer-Wohnung leben." Wilhelm war bedrückt. Er hatte seine ganze Hoffnung in den Schwager gesetzt. Ein Schauder lief über seinen Rücken, wenn er sich vorstellte, wie Lydia monatelang bei ihm blieb, weil sie keine Wohnung fand.

„Dann wirf sie raus. Das wäre ein heilsamer Schock. Bisher haben immer andere für sie die Kastanien aus dem Feuer geholt."

„Aber sie ist meine Schwester."

„Damit musst du klarkommen. Wenn ihr sie nicht von klein auf so verzogen hättet, hätten wir jetzt das Problem nicht." Bevor Wilhelm etwas erwidern konnte, legte Horst auf.

Niedergeschlagen setzte sich Wilhelm an die Arbeit.

Gehorsam führte er, nachdem er daheim war, Hannibal aus. Als er zurückkam, wartete Lydia in schriller Aufmachung auf ihn.

„Ich gehe mit Solveig aus", antwortete sie auf seinen fragenden Blick.

„Nein", sagte Wilhelm so energisch, dass Lydia zusammenzuckte. „Heute ist mein Quartettabend und diesmal gehe ich zu Gerhard. Also musst du hierbleiben."

„Aber ich habe mich mit Solveig verabredet", widersprach Lydia.

„Dann musst du ihr eben absagen. Sag mal Lydia, bist du von allen guten Geistern verlassen? Du brichst hier in mein Leben ein, ohne mich zu fragen, du nimmst Horst die Kinder weg, ohne dich mit ihm zu einigen und dann kümmerst du dich nicht um die Kinder, sondern lässt sie hier in der Wohnung, ohne dass du eine Kinderbetreuung organisierst. Du verlässt dich darauf, dass deine gesamte Umwelt verantwortungsbewusster ist als du. Dass Nachbarn, die du gar nicht kennst, deine Wäsche waschen und bügeln, dass sie deine Kinder betreuen!", fuhr Wilhelm sie an. So hatte er noch nie zu Lydia gesprochen.

„Aber du bist mein Bruder. Niemand gönnt mir etwas", schmollte Lydia.

„Es sind deine Kinder und wenn du mit ihnen nicht fertig wirst, dann schicke sie zu Horst zurück", sagte Wilhelm ernst.

„Du bist nur neidisch, weil du nicht so fröhlich und locker bist wie ich. Du hast mir übrigens überhaupt nichts zu sagen, ich gehe jetzt." Damit drehte sie sich auf dem Absatz um, nahm die Jacke, schob ihn zur Seite und verließ die Wohnung.

Wilhelm blieb sprachlos zurück. Für so egoistisch hatte er Lydia nicht gehalten. Aber ihre Vorwürfe saßen. Er war wirklich neidisch auf ihre unbekümmerte Art. Niedergeschlagen machte er den Kindern das Abendbrot.

„Kommt Mama wieder?", fragte Nico.

„Ja, natürlich, sie trifft sich nur mit einer Freundin", beruhigte Wilhelm.

„Gehst du auch weg? Ich will nicht alleine bleiben. Ich habe Angst." Nico rührte den Kakao so stürmisch um, dass er überschwappte und der Tisch schwamm.

„Nein, ich lasse euch nicht alleine", seufzte Wilhelm. Sein verdammtes Pflichtgefühl! Warum musste er jetzt auf die Gören seiner Schwester aufpassen?

In dem Augenblick klingelte es, prompt rasten die Kinder zur Tür. Die Tasse, die Nico dabei umstieß, beachteten sie nicht, obwohl sie klirrend auf dem Boden zersprang.

Nico erreichte die Tür als erster und riss sie auf. „TanteBeierlein", rief er und hüpfte vor Freude.

„Guten Abend, Frau Beierlein", grüßte Wilhelm, der seinen Neffen gefolgt war.

„Heute ist doch ihr Quartettabend, da wollte ich sehen, ob Sie Hilfe brauchen. Ist Ihre Schwester da?", fragte Frau Beierlein und schaute sich suchend um.

Wilhelm schüttelte bedrückt den Kopf.

„Mama ist weg", sagte Sascha.

„Mama hat sich feingemacht und dann hatte sie mit Onkel Wilhelm Streit", erklärte Nico.

Wilhelm schluckte einen Fluch hinunter. Diese Kinder waren schlimmer als eine Zeitung. Mussten sie alles herumerzählen?

„Dann ist es gut, dass ich vorbeigekommen bin", stellte Frau Beierlein fest.

„Aber Sie müssen nicht. Wir können Sie nicht laufend beanspruchen", wehrte Wilhelm ab.

„Mir macht es Spaß, gebraucht zu werden. Der Umgang mit Kindern hält jung." Frau Beierlein strahlte Wilhelm an. „Sie können trotz des Besuchs nicht auf alles verzichten."

Die Kinder freuten sich, dass die nette Nachbarin sich um sie kümmerte und mit ihnen spielte.

Frau Beierlein drängte Wilhelm, sich zurechtzumachen. Nicht einmal die Scherben durfte er aufheben. „Ich habe genug Zeit dafür." Sobald er umgezogen war, Noten und Cello eingepackt hatte, schob sie ihn zur Tür hinaus.

Als Wilhelm vier Stunden später zurückkam, schlief sie vor dem laufenden Fernseher. Die Wohnung war aufgeräumt und blitzblank geputzt.

Wilhelm staunte wieder einmal, wie es die alte Dame schaffte. Dabei hatte sie sich bestimmt noch ausreichend mit den Kindern beschäftigt.

Als er den Fernseher ausstellte, wachte sie auf.

„Bin ich eingeschlafen? Das wollte ich gar nicht." Es war ihr offensichtlich peinlich.

Wilhelm lachte. „Das macht wirklich nichts. Die Kinder schlafen tief und fest. Und meine Wohnung glänzt wie noch nie."

„Ich weiß, wie ordentlich Sie sind. Dieses Chaos muss schlimm für Sie sein", stellte Frau Beierlein fest.

In dem Augenblick näherte sich der Hund schwanzwedelnd, sprang Wilhelm an und versuchte seine Hände zu lecken. Doch Wilhelm hielt sie hoch.

„Vielleicht bin ich wirklich etwas zu penibel." Er schob Hannibal in den Flur.

„Mit Kindern kann es nie perfekt sein. War Ihr Abend schön?", erkundigte sie sich und stand auf.

„Er war sehr nett. Vielen Dank, dass Sie eingesprungen sind." Wilhelm entdeckte auf dem Teppich den Kauknochen und schob ihn mit dem Fuß in den Flur.

„Können Sie nicht einmal hier proben?", schlug Frau Beierlein vor.

„Nein, wir treffen uns bei dem Musiker, der ein eigenes Haus hat. Die Musik ist ziemlich laut und wäre eine Belästigung für die Nachbarn." Wilhelm schüttelte den Kopf.

„Nur wenn Sie regelmäßig spielen. Aber bei einem einzigen Mal können die Nachbarn nichts sagen. Vielleicht üben Sie einmal bei mir? Ich würde das Quartett zu gerne hören. Ich kenne nur Ihren Part." Frau Beierlein bückte sich und zog ihre Schuhe an.

„Das ist bestimmt Störung genug, dabei habe ich vor Jahren den Raum besser schallisolieren lassen, aber das Haus ist alt und hellhörig."

„Die eine Stunde. So, jetzt gehe ich aber ins Bett."

Wilhelm brachte sie die Treppe hinunter und bedankte sich mehrmals.

Frau Beierlein spricht ein Machtwort
„Onkel Willy", quietschte jemand lautstark direkt neben seinem Ohr. Im gleichen Augenblick landete ein Schwergewicht, gefühlt mindestens eine Tonne schwer, auf seinem Bauch. Wilhelm saß sofort mit klopfendem Herzen senkrecht im Bett. Dadurch schubste er Nico hinaus. Das Kind fiel rückwärts auf den Fußboden und schrie laut und empört.

„Nico, tut mir leid. Aber du hast mich erschreckt." Er beugte sich hinunter und hob den Kleinen hoch. Zum Glück ließ sich Nico gleich trösten, bevor die anderen von seinem Gebrüll geweckt wurden.

„Ich habe eine Überraschung für dich." Nico stand auf und zerrte seinen Onkel an der Hand aus dem Bett. Wilhelm suchte die Pantoffeln und die Brille, dann stapfte er hinterher. Es roch verführerisch nach Kaffee. „Oh, hast du Kaffee gekocht?"

Nico nickte mehrmals und stieß die Küchentür auf. Inzwischen roch es aber nicht mehr so stark nach frischem Kaffee, sondern angebrannt. Obwohl Wilhelm momentan nicht ganz munter war, entdeckte er die Bescherung gleich. Mit schnellen Schritten war er an der Maschine und stellte die Kanne unter den Filter. Dann suchte er einen Lappen und wischte die Brühe von der Arbeitsplatte, der Schranktür und dem Fußboden.

„Ich wollte dich überraschen." Nico kämpfte mit den Tränen.

„Hast du auch. Schau mal, meine Tasse ist in der Kanne, und Mama macht sich nachher frischen", tröstete er den Jungen. Natürlich musste er sich gleich an den Küchentisch setzen und trinken. Dabei zeigte die Uhr am Herd erst zehn nach fünf Uhr und sein Wecker klingelte erst in einer Stunde. Nachdem er die Kaffeemaschine und die Kanne gereinigt hatte, nahm er Nico auf den Arm und ging ins Bett zurück. Gemeinsam schliefen sie eine halbe Stunde auf dem für eine Person schon viel zu kleinem Sofa. Immerhin hatte er an diesem Morgen keine Probleme, rechtzeitig aus dem Haus zu kommen.

Gleich nach dem Frühstück stürmte Lydia mit den Kindern laut polternd die Treppe zu Frau Beierlein hinunter und klingelte dreimal.

„Mama, ich will", nörgelte Nico.

„Ich auch", quakte Sascha.

Also hob Lydia erst Nico, dann Sascha hoch, damit sie klingeln konnten.

Trotzdem dauerte es eine Ewigkeit, bis Frau Beierlein öffnete. Sie trug eine geblümte Kittelschürze und hielt einen Lappen in der Hand.

„Tante Beierlein, backst du Kekse?", fragte Nico gleich.

„Guten Morgen, nein, jetzt geht es nicht, ich putze gerade die Fenster", erwiderte Frau Beierlein.

„Och, ich hatte gehofft, dass Sie mit mir ein Kleid nähen. Ich habe mir gestern Stoff und einen Schnitt besorgt", sagte Lydia enttäuscht. Schnell nahm sie die Tüte in die linke Hand, mit der sie Anna-Lena trug und zog mit der freien rechten bunt geblümten Seidensatin heraus. „Sieht der nicht himmlisch aus?"

„Haben Sie jemals etwas genäht?", fragte Frau Beierlein und schaute Lydia scharf an.

Lydia schüttelte den Kopf. „In der Schule habe ich damals einen Rock begonnen, zum Glück wurde die Lehrerin krank", lachte sie.

„Kindchen, und dann fangen Sie gleich mit so teurem Material an?"

„Aber Sie helfen mir doch! Können Sie die Fenster nicht ein anderes Mal putzen?", versuchte Lydia, Frau Beierlein zu überreden.

„Nein, heute ist es trocken, außerdem habe ich bereits angefangen."

Lydia verzog das Gesicht.

„Kommen Sie, benehmen Sie sich nicht wie ein kleines Kind", schimpfte Frau Beierlein. Trotzdem ließ sie sich erweichen.

„Wenn Sie mir helfen, bin ich schneller fertig. Anschließend können wir nähen", schlug Frau Beierlein vor.

Lustlos ging Lydia auf den Vorschlag ein. Haushalt war nicht ihr Ding. Aber Lydia hatte das Talent aus Arbeit ein Spiel zu machen. Sie brachte Frau Beierlein mit ihren Albernheiten zum Lachen und erhielt nebenbei von der alten Dame eine ganze Menge Tipps zum Fensterputzen.

Um die Kinder zu beschäftigen, drückte Frau Beierlein Nico und Sascha Staubtücher in die Hand und ließ sie die Scheuerleisten abwischen. Anna-Lena lag auf einer Decke auf dem Teppich und beobachtete ihre Brüder.

„Ich will auch Fenster putzen!", protestierte Nico und warf das Tuch hin.

Sascha ahmte ihn nach und warf sein Tuch ebenfalls hin.

„Nein, das geht nicht. Hier stehen Mama und ich. Da ist kein Platz mehr für euch. Aber ihr helft mir ganz doll, wenn ihr da unten wischt. Ich kann mich nicht mehr so gut bücken." Frau Beierlein lächelte Nico an.

Der schaute erst misstrauisch, nahm dann aber den Lappen wieder auf und fuhr damit über die Holzleisten. Dazu brummte er, wie ein Auto.

„Da müssen Sie noch ledern. Das sind Streifen." Frau Beierlein wies Lydia auf einige Stellen auf der Scheibe hin.

„Das macht nichts. Das merkt doch niemand. Seien Sie nicht so pingelig", stöhnte Lydia.

„Meine Fenster sehen ordentlich aus." Frau Beierlein blieb unerbittlich. Nebenbei schaute sie, was die Kinder machten. Doch die beiden waren weiterhin mit ihrer Aufgabe beschäftigt. Anna-Lena spielte inzwischen mit ihren Füßen.

Natürlich erleichterte Lydias Mithilfe die Arbeit nicht. Im Gegenteil. Frau Beierlein brauchte erheblich länger dafür als üblich. Aber sie hütete sich, dass Lydia zu sagen.

Endlich hatten sie es geschafft.

„Jetzt schreit Anna-Lena schon wieder", jammerte Lydia, aber es nützte nichts. Sie musste erst einmal das Baby versorgen.

Frau Beierlein holte für die Jungen die Bauklötze ihrer Enkel heraus und baute mit ihnen eine große Burg.

Sobald Anna-Lena schlief, packte Lydia ihre Sachen aus und drängte, endlich mit dem Nähen anzufangen. Frau Beierlein nahm die Tischdecke vom Couchtisch ab, fuhr ihn hoch und zog ihn aus. Dann legte sie den Stoff ordentlich darauf und erklärte Lydia, wie sie ihn zuschneiden und heften müsste.

„Muss das denn sein?", fragte Lydia, wieder einmal ungeduldig.

„Das muss sein, wenn es nachher anständig aussehen soll", sagte Frau Beierlein unerbittlich und kontrollierte Lydias Arbeit.

„Sie haben sich einen besonders komplizierten Schnitt ausgesucht. Gab es denn nichts für Anfänger?"

„Ich dachte, wenn Sie mir helfen, ist es gut, wenn das Kleid nicht zu einfach ist, damit Sie mir mehr Tricks verraten können", gestand Lydia.

Frau Beierlein lachte. „So viel kann ich Ihnen in ein paar Tagen gar nicht beibringen", erklärte sie und nahm Sascha die scharfe Schneiderschere weg. Sie wühlte in einem Fach, bis sie ein paar alte Wollreste und eine Kinderschere gefunden hatte und die beiden Jungen durften in einer Ecke auf ihrem Teewagen die Wolle zerschneiden und die Fäden auf Papier kleben.

„Ich kann jeden Vormittag kommen", schlug Lydia vor.

„Aber erst ab elf Uhr, vorher muss ich meinen Haushalt machen. Außerdem bin ich mittwochs beim Basarbasteln."

„Das lohnt sich gar nicht", jammerte Lydia.

„Wir können bis ein Uhr nähen, dann gibt es Mittagessen. Nachmittags können wir weitere ein, zwei Stunden arbeiten. Und Sie haben vormittags genug zu tun, um die Kinder zu versorgen und die Wohnung zu putzen", sagte Frau Beierlein.

„Das ist Wilhelms Wohnung", erklärte Lydia und sah Frau Beierlein bittend an. „Können Sie nicht einmal etwas weniger saubermachen?"

Frau Beierlein überhörte den zweiten Satz. „Es sind Ihre Kinder, die alles dreckig und unordentlich machen. Wenn Ihr Bruder überaus nett ist und Sie bei sich wohnen lässt, müssen Sie wenigstens so wenig Mühe wie möglich machen", sagte Frau Beierlein.

„Aber es ist nur mein Bruder." Lydia schnitt beherzt in den Stoff.

„Heißt das, dass Sie sich bei Ihrem Bruder nicht genauso gut benehmen müssen, wie bei anderen?", fragte Frau Beierlein.

Lydia errötete.

„Kindchen, Sie können ihn nicht derart belasten. Fünf Personen in dieser kleinen Wohnung ist eine Zumutung. Nur nehmen Sie nicht einmal Rücksicht und gehen außerdem abends aus und überlassen Ihrem Bruder die Kinderbetreuung", warf Frau Beierlein Lydia vor.

„Er hat doch sowieso nichts vor", verteidigte sich Lydia.

„Anscheinend kennen Sie Ihren Bruder gar nicht. Seit Sie hier zu Besuch sind, hat er nicht mehr musiziert und hat Ihretwegen seinen Quartettabend ausfallen lassen."

„Woher wissen Sie das?" Lydia schaute von der Arbeit auf.

„In einem Mietshaus, weiß man eine Menge voneinander. Schließlich ist es sehr hellhörig, und wir benutzen denselben Eingang." Frau Beierlein beugte sich über den Stoff und zog ihn wieder gerade. Eine Weile arbeiteten sie schweigend und konzentriert. Als Lydia alle Teile ausgeschnitten hatte, zeigte Frau Beierlein ihr, wie sie Vorder- und Rückenteil zusammen heften musste.

„Aber mein Bruder benimmt sich wie ein Mummelgreis. Überhaupt nicht flexibel", stöhnte Lydia und stach sich. Schnell steckte sie ihren Finger in den Mund. Frau Beierlein holte ihr ein Pflaster, damit der Seidensatin keine Blutflecken bekam. Lydia gab Nico und Sascha ein paar Stoffreste. Begeistert bastelten die Kinder damit. Die ersten fertigen Bilder hängte Frau Beierlein mit Magneten an die Kühlschranktür.

„Sie können Ihren Bruder nicht von heute auf morgen umkrempeln. Und er kann von Ihnen die gleiche Rücksicht verlangen, die Sie einem Fremden gegenüber zeigen würden", führte sie das Gespräch mit Lydia fort.

Obwohl Frau Beierlein wenig Hoffnung hatte, bei Lydia eine Wirkung zu erzielen, hatte sie ihr Ziel erreicht und Lydias Gewissen geweckt.

Lydia dachte den ganzen Tag darüber nach. Am Nachmittag beschloss sie, daheim zu bleiben. Da Freitag war, kam Wilhelm früher als sonst. Sie schlug ihrem Bruder vor, mit den Kindern Musik zu machen. Sie holte Töpfe aus dem Schrank und klopfte Rhythmen, bis Wilhelm meinte, mehr Krach könnten sie den Nachbarn unmöglich zumuten. Wenngleich Nico und Sascha weitermachen wollten, sammelte Lydia die „Musikinstrumente" kritiklos ein und räumte sie weg. Dann überredete sie Wilhelm, Cello zu spielen.

„Nein, das mochtest du noch nie", wehrte er ab.

„Das stimmt. Aber das war bloß Neid, weil du gut spielen konntest, und ich nicht", gestand Lydia.

„Nun, du wolltest kein Instrument lernen. Dabei hattest du dir eine Gitarre gewünscht", erinnerte Wilhelm und grinste.

„Ja, es hat so viel Arbeit gemacht. Und richtig gut geklungen hat es nie." Lydia seufzte. Lange Zeit hatte sie davon geträumt, eine Sängerin zu werden.

„Weil du nicht durchgehalten hast", gab Wilhelm zu bedenken.

„Leider, aber du solltest wenigstens üben, auch wenn wir dich stören." Lydia faltete eine Zeitung auf dem Tisch aus und legte Papier und Stifte für die Kinder hin.

„Die Nachbarn leiden in letzter Zeit wirklich genug", wehrte Wilhelm ab.

„Frau Beierlein vermisst dein Üben. Sie würde gern einmal das ganze Quartett hören", erklärte Lydia ehrlich. Ihr schlechtes Gewissen trieb sie zur Offenheit.

„Ja, das hat sie mir auch gesagt. Das werden wir wohl einrichten können."

„Ruf deine Freunde gleich an. Dann könnt ihr morgen oder übermorgen bei Frau Beierlein musizieren", drängte Lydia. „Und jetzt spiel bitte, vielleicht wirkt es auf Sascha oder Nico anregend und die lernen es und werden berühmte Musiker."

Schließlich ließ sich Wilhelm überreden. Allerdings spielte er nicht lange, denn er wollte die Nachbarn nicht nerven.

Anschließend telefonierte er tatsächlich mit seinen Freunden und vereinbarte mit ihnen ein Konzert bei Frau Beierlein.

Punkt fünfzehn Uhr versammelten sie sich am Sonntag bei der Nachbarin. Sie besaß sogar ein Klavier und die vier Männer spielten im Wohnzimmer. Frau Beierlein, Karo und die drei Ehefrauen bildeten ein aufmerksames Publikum.

Lydia hatte keine Gelegenheit zuzuhören. Zuerst versuchte sie, die Kinder ruhig zu halten, aber schließlich flüchtete sie mit ihnen auf den Spielplatz.

Nach der Vorführung gab es Kuchen und Torte, die Frau Beierlein, Karo und Lydia am frühen Vormittag vorbereitet hatten.

Lydia, die die Musik durch das offene Fenster auf dem Spielplatz gehört hatte, gesellte sich mit den Kleinen wieder zu ihnen.

Noch bevor alle am Tisch saßen, hatte sich Nico ein Stück Kuchen gegriffen.

„Du darfst erst essen, wenn alle sitzen!", erklärte Frau Beierlein streng.

Nico wollte es vor Schreck zurücklegen. Doch Frau Beierlein hielt ihm einen Teller hin, auf dem er das Stück ablegen konnte.

Die Gäste beobachteten die Szene genau und schauten dann zu Lydia, die überhaupt nicht reagierte.

„Sie sind also der Grund, warum Wilhelm uns das vorletzte Mal versetzt hat", stellte Gerhard trocken fest.

„Wie halten Sie es überhaupt mit ihm aus?", stichelte Wolfgang.

„Die Frage ist eher, wie er es mit dieser Rasselbande aushält", meinte seine Frau bissig.

Sascha griff in dem Augenblick über den Tisch und langte nach der Kaffeekanne. Wolfgangs Frau beugte sich blitzartig vor, hielt sie fest und verhinderte im letzten Augenblick, dass Sascha sich verbrühte. Lydia unterhielt sich gerade mit Wolfgang, lächelte ihn an und achtete nicht auf ihre Kinder.

„Puh, gut reagiert. Fast hätten wir den Notarzt gebraucht." Gerhard musterte Lydia. Allerdings schien die nichts bemerkt zu haben.

„Treten Sie auch öffentlich auf?" Karo wechselte das Thema.

„Nein, wir spielen nur zu unserem Vergnügen", sagte Gerhard.

„Ich habe Wilhelm bereits erzählt, dass ich alte einsame Menschen in einem Altersheim betreue, würden

Sie dort einmal vorspielen? Viele sind sehr gebrechlich und freuen sich über etwas Abwechslung vom Heimalltag", erzählte Karo.

„Warum nicht?", meinte Gerhard.

Seine Frau nickte. „Ihr tut den alten Leutchen sicherlich einen Gefallen damit."

„Aber wir sind bis jetzt nie öffentlich aufgetreten." Wolfgang hob die Hände abwehrend. „Und überhaupt, was sollen wir spielen?"

„Einfach die gleichen Stücke wie heute", meinte Gerhards Frau, und Karo nickte zustimmend.

„Wann wäre es denn? Wir könnten bis dahin etwas zusammenstellen." Gerhard legte die Stirn in Falten und zählte an den Fingern ein paar Lieder ab.

„Vielleicht am nächsten Donnerstag, wenn die Heimleitung damit einverstanden ist", sagte Karo.

Die vier Männer sahen plötzlich so entsetzt aus, dass die Frauen laut lachten.

„Eigentlich war eine Dichterlesung geplant, leider hat der Lyriker wegen einer langwierigen Zahnbehandlung abgesagt. Eine Mitarbeiterin hat es mir gestern erzählt."

„Und du hast ihr ein Konzert versprochen?" Lydia grinste und schaute ihren Bruder herausfordernd an. Dann nahm sie ein weiteres Stück Torte, weil Sascha bettelte. Diesmal fütterte sie ihn mit ihrem Kaffeelöffel.

Nico spielte schon eine Weile mit der Kuchengabel herum. Ab und zu stieß er klirrend gegen das Geschirr, bis Gerhards Frau sie wegnahm. Erst schob er seine Unterlippe vor und es sah aus, als ob er gleich weinen würde, da fiel sein Blick auf das Klavier. Er sprang auf und lief zu dem Instrument. Mit den Fäusten schlug er auf die Tasten. Sascha drehte sich zu ihm. Dadurch landete der Löffel mit der Torte in seinen Haaren, statt im Mund. Ohne sich darum zu kümmern, lief er zu Nico und schlug mit seinen dreckigen Händen auch auf die Tasten.

Lydia griff sich die Serviette und rannte hinterher. Während er Lärm machte, versuchte sie, die klebrige Sahne aus seinen blonden Locken zu entfernen. Einen Augenblick später kam Frau Beierlein mit einem Handtuch und wischte den Jungen die Hände ab. Anschließend fuhr sie mit einem sauberen Zipfel über die inzwischen klebenden Tasten, bevor sie den Deckel zu machte und das Klavier abschloss.

Um die Jungen abzulenken, holte Karo die Bausteine aus der Ecke hervor und kippte sie aus und als sich auch Gerhard auf den Teppich setzte und Häuser baute, waren die Kinder beschäftigt. Die übrigen Erwachsenen konnten sich wieder unterhalten und genossen einen netten Nachmittag.

Ganz in Gedanken kam Wilhelm nach Hause. Er wunderte sich selbst, aber er freute sich auf den Spaziergang mit Hannibal. Noch ehe er um die Ecke bog, vernahm er Babygeschrei. Hatte Lydia die Kleine etwas wieder allein gelassen? Wieso konnte er sie aus dieser Entfernung hören? Beunruhigt beschleunigte er seinen Schritt. Von weitem sah er Herrn Koch vor dem Haus stehen. „Sind Sie verrückt?", sagte er mit erhobener Stimme.

Vor der Haustür stand der Kinderwagen, in dem Anna-Lena aus Leibeskräften schrie. Wo war Lydia? Da entdeckte er sie, sie kniete im Garten. Ihr weit ausgeschnittenes T-Shirt ließ viel von ihrer Oberweite sehen. Kein Wunder, dass der Nachbar seinen Blick kaum abwenden konnte.

„Weiß Frau Beierlein, dass Sie ihren Garten verwüsten?", schimpfte Herr Koch.

„Ich helfe ihr nur", beruhigte Lydia.

„Lass die Blumen stehen!", herrschte Herr Koch einen Augenblick später Sascha an.

Unauffällig ließ Sascha ein Bündel herausgerissener Narzissen hinter seinem Rücken fallen. Mitten auf der kleinen Rasenfläche buddelte Hannibal ein großes Loch.

„Am besten versorgst du Anna-Lena. Und nimm die Kinder und Hannibal mit nach oben", mischte sich Wilhelm ein.

„Ihre Schwester ist wie eine Bombe, die jeden Augenblick explodieren kann."

Wilhelm unterdrückte mühsam ein Grinsen. „Ich beseitige die Schäden, bevor Frau Beierlein ihren Garten sieht."

„Onkel, ich will helfen", sagte Nico.

„Ich finde, es sieht gut aus", verteidigte sich Lydia. „Das meiste Unkraut ist weg."

„Leider auch die Blumen." Er zeigte auf den Rasen. „Warum hast du den Hund nicht angebunden?"

„Hannibal!" Der hatte nach Wilhelms ersten Worten den Schwanz eingekniffen und war jetzt auf der Flucht. Lydia rannte hinterher. Was mit ihren hohen Absätzen nicht ganz einfach war. Wilhelm sah ihr kopfschüttelnd hinterher. Wieso hatte sie nichts Passenderes für die Gartenarbeit angezogen?

„Sascha, du musst dich nachher bei Frau Beierlein entschuldigen." Er sammelte die gepflückten Blumen auf. Ein paar hatte der Junge gleich mit den Zwiebeln herausgerissen. Die sortierte er aus. Den Rest gab er Sascha. „Stell sie oben in die Vase."

Nico stand am Kinderwagen und schaukelte ihn. Dadurch beruhigte sich Anna-Lena. „Darf ich mitmachen?"

„Du hilfst mir schon." Wilhelm nahm eine kleine Schaufel und pflanzte die Narzissen wieder ein. Dann kippte er den Eimer um und suchte die Stiefmütterchen heraus. Herr Koch kam heran und half ihm. Schnell hatten sie alle wieder eingegraben.

Lydia erschien, mit Hannibal auf dem Arm und trug ihn in die Wohnung. Anschließend holte sie Anna-Lena. Sascha trottete hinterher. Die Blumen fest umklammert, sodass sie inzwischen die Köpfe hängen ließen.

„Du kannst mir Wasser bringen", bat Wilhelm Nico. Er stampfte Hannibals Loch fest. „Haben wir irgendwo Rasensaat?"

„Ich glaube nicht." Herr Koch jätete zwischen den Heckenpflanzen.

Nico kam mit einem Sandkasteneimer voll Wasser. Beim Laufen schwappte es über, und er hinterließ eine nasse Spur. „Danke, Nico."

Begeistert, helfen zu dürfen, kippte Nico den gesamten Inhalt über die festgetretene Stelle und spülte die Erde wieder weg. Dann eilte er wieder fort. Wilhelm lief hinterher, er brauchte die große Gießkanne. Gemeinsam gossen sie die frisch eingepflanzten Blumen. Nico trat ganz dicht an die Pflanzen heran und hatte bald nasse Füße.

Sie waren mit ihren Reparaturarbeiten fast fertig, da erschien Lydia. „Ich wollte Frau Beierlein nur Arbeit abnehmen", meinte sie kleinlaut. „Passt du auf die Kinder auf? Ich besorge schnell etwas." Und schon war sie weg. Aber ein Blick nach oben beruhigte Wilhelm. Das Fenster stand offen. Er konnte also Anna-Lena hören. Sascha zerrte an dem Eimerchen. Er wollte auch gießen.

„Das ist meiner. Du bist zu klein", sagte Nico und hielt den Griff eisern fest.

„Ich auch." Sascha weinte und stampfte mit den Füßen auf.

Herr Koch beobachtete die beiden eine Weile kopfschüttelnd. Als er mit dem Jäten fertig war, stand er auf und klopfte sich den Schmutz von den Knien. „Wir holen zusammen Wasser." Er hielt dem Kleinen die Hand hin. Misstrauisch schaute ihn Sascha an und rührte sich nicht. Erst als der Nachbar fast um die Ecke war, rannte er hinterher. Zurück trugen sie gemeinsam die Kanne und gemeinsam versorgten sie die Pflanzen mit Wasser.

Lydia beeilte sich wirklich. Wilhelm räumte gerade die Gartengeräte weg, als sie zurückkam.

„Stiefmütterchen hatten sie leider nicht mehr." Sie holte zehn Geranien aus einer großen Tasche heraus.

Herr Koch grub mit den Jungen zusammen die Löcher. Lydia reichte ihm die Pflanzen und dann durften die Kinder sie hineinstellen, während Herr Koch die Erde zuschüttete und festdrückte. Natürlich ahmten Sascha und Nico ihn nach. Sie knieten sich auf den nassen Boden und patschten im Matsch herum. „Da ist wohl ein Bad notwendig", meinte Wilhelm. Er bedankte sich bei Herrn Koch und verschwand in seiner Wohnung.

Lydia wird aktiv

„Nico, geh endlich", mahnte Lydia. Der Junge turnte am Treppengeländer herum und versperrte ihr den Weg. Aber sie hatte keine Hand frei, um ihn weiterzuschieben. Auf dem linken Arm trug sie Anna-Lena. Mit der Rechten hielt sie sowohl Sascha fest, der Schritt für Schritt die Stufen hinunterstolperte, als auch Hannibals Leine. Dabei bestand die Gefahr, dass der Hund Sascha umriss.

Vom obersten Stockwerk sprang ein junger Mann leichtfüßig herunter und erreichte sie. Seine orange gefärbten Haare standen in einer Mohikanerfrisur zu Berge. Er trug eine blau-grün-gelb karierte Hose. Springerstiefel und eine Lederjacke mit Nieten.

„Brauchen Sie Hilfe?", fragte er liebenswürdig, wartete gar nicht erst die Antwort ab, sondern schnappte sich Sascha, der ihm dem Weg blockierte, und hob ihn auf den Arm. Saschas lautstarken Protest ignorierte er. Dann nahm er Hannibals Leine, zwängte sich an Lydia und Nico vorbei und zerrte den Hund energisch nach unten.

„Vorsicht, Sie erwürgen ihn ja", schrie Lydia und fasste nach der Leine, um sie dem Mann wieder abzunehmen. Doch sie griff ins Leere, er war schon zu weit entfernt.

„Wenn Ihr Hund gelernt hätte, an der Leine zu gehen, würde das nicht passieren", erwiderte er gelassen.

„Jetzt werfen Sie mir bloß vor, dass der Hund nicht erzogen ist, genauso wie meine Kinder", giftete Lydia.

Die guten Vorsätze der letzten Tage waren heute Morgen beim alltäglichen Kampf mit dem Nachwuchs verflogen.

„Das habe ich nicht gesagt", erwiderte der Junge und wartete vor der Haustür auf Lydia. Von überwältigenden ein Meter fünfundneunzig lächelte er auf sie herab.

„Aber mein Bruder", gab sie zu.

Der Mann lachte laut heraus. Lydia hatte den Kinderwagen erreicht und legte Anna-Lena hinein. Jetzt konnte sie ihm Sascha und die Hundeleine abnehmen. Sofort beruhigte sich das Kind.

„Ich heiße übrigens Dirk, wohne im vierten Stock in der Wohngemeinschaft und studiere Mathematik", stellte sich der Junge vor.

„Vielen Dank für deine Hilfe. Ich bin Lydia und wohne vorübergehend bei meinem Bruder, Wilhelm Petermann."

„Der arme Mann. Ob er eure Invasion überlebt? Er ist so steif und überkorrekt. Wir haben bei uns oben keine Uhr, sondern richten uns immer nach Herrn Petermann", erzählte Dirk.

Lydia lachte. „Ich versuche seit Jahrzehnten, ihn in Schwung zu bringen, leider vergeblich. Dafür kann man sich auf ihn verlassen."

„Bist du wirklich seine Schwester?" Dirk schüttelte den Kopf.

„Das glaubt uns niemand, ich weiß. Aber wir sind tatsächlich Geschwister. Allerdings ist Wilhelm fünfzehn Jahre älter als ich", sagte Lydia. Ihre schlechte Laune war wie weggeblasen.

„Du bist also schuld, dass ich neulich fast zu spät zur Klausur gekommen bin."

„Nein", sagte Lydia energisch.

„Ich habe die ganze Zeit darauf gewartet, dass dein Bruder aus dem Haus geht, dann hätte ich nämlich auch losgemusst. Aber er war unpünktlich."

Lydia lachte. „Stimmt, wir haben uns um das Badezimmer gestritten und dadurch ist er zum ersten Mal in seinem Leben etwas später losgegangen."

Der junge Mann lachte mit. „Zum Glück hat mich ein Bekannter mit dem Auto hingefahren, daher bin ich gerade eingetrudelt, als die Klausuren verteilt wurden. Danach wurden die Türen abgeschlossen."

„Richtig pingelig seid ihr hier." Lydia bückte sich und zog an Saschas Jacke den Reißverschluss zu.

„Wer hat gestern so toll musiziert?", fragte Dirk.

„Das war mein Bruder mit seinen Freunden." Wieder einmal nagte Neid in ihr. Musste dieser hübsche Junge von Wilhelm ganz begeistert sein?

„Das war wirklich gut. Es ist zwar nicht mein Stil, aber das muss man zugeben. Spielst du auch?"

„Nein, ich habe mal Gitarre angefangen, leider bin ich völlig unmusikalisch. Wilhelm konnte schon als Kind gut spielen. Es ist ein Elend, dass er aus seiner Begabung nichts gemacht hat." Lydia erinnerte sich an ein Gespräch zwischen ihren Geschwistern, die überlegt hatten, ob sie Wilhelm zu einem Studium an der Musikhochschule drängen sollten, aber damals fehlte das Geld dazu. Wilhelm selbst hatte gemeint, er wäre mit achtundzwanzig zu alt dazu.

„Denkst du, dein Bruder könnte uns helfen? Wir wollen eine Band gründen. Wir proben regelmäßig in einer alten Garage", bat Dirk.

Lydia sah ihn überrascht an.

„Ich werde ihm davon erzähltlen und zureden. Aber ich zweifle, ob er so etwas mitmacht. Ich kann es mir nicht vorstellen",äußerte sie schließlich.

„Das wäre nett von dir. Jetzt muss ich los, sonst verpasse ich die ganze Vorlesung." Dirk stürmte los.

Lydia schob mit ihren Kindern zum nächsten Supermarkt. Frau Beierlein hatte ihr eine Einkaufsliste mitgegeben. Nach dem Nähen wollten sie gemeinsam kochen, und Frau Beierlein gab sich nicht mit Fast Food zufrieden, sondern wollte einen richtigen Eintopf zubereiten. Das kam Lydias Gesundheitsbewusstsein entgegen. Frau Beierleins Versuch, ihr Kochen beizubringen, durchschaute sie zum Glück nicht. Leider hatte Lydia in den letzten Tagen, gestresst durch die Kinder und ohne die hilfreiche Frau Schröder, höchstens Fertiggerichte fabriziert. Meistens hatten sie Nudeln oder Pommes frites mit Ketchup gegessen. Damit waren wenigstens die Kinder zufrieden und aßen ihren Teller leer. Lydia selbst verzichtete inzwischen lieber darauf und nahm sich ein Stück Obst. Eine günstige Gelegenheit, für ihre seit Monaten geplante Diät. Im Laden bereute sie es, die Kinder nicht vorher zu Frau Beierlein gebracht zu haben. Sascha grapschte sich alle erreichbaren Teile, und Lydia musste sie ihm laufend wieder entreißen. Natürlich protestierte er deswegen. Nico bekam einen seiner Trotzanfälle, weil seine Mutter ihm nicht die Wasserpistole kaufen wollte. Erst schrie er und stampfte mit dem Fuß auf. Als das nichts half, warf er sich auf den Fußboden und wälzte sich schreiend.

„So ein schlecht erzogenes Kind hätte es zu unserer Zeit nicht gegeben", empörte sich eine alte Dame.

„Zu Ihren Zeiten hätte er bei den Pimpfen strammgestanden, während die Mutter einkaufen war", erwiderte Lydia pampig.

„Doch nicht in diesem Alter. Aber kein Wunder, bei dieser Mutter", steigerte sich die Dame weiter hinein.

Die Frau erhielt jetzt Flankendeckung von zwei älteren Herren, daher beschloss Lydia lieber, ihre Kinder einzusammeln, als sich weiter zu streiten.

Da Nico nicht bereit war, nachzugeben, kaufte Lydia ihm die Wasserpistole, bloß um dem Gemecker zu entkommen.

„Wenn man ständig nachgibt, schreien die Kinder natürlich", sagte eine andere Mutter, die ein stilles Kind an der Hand führte. Auch die Alten ließen sich weiterhin über die fehlende Erziehung bei den heutigen Eltern aus. Endlich hatte Lydia bezahlt und konnte aus dem Laden flüchten.

Erschöpft machte sie auf dem Rückweg erst einmal auf dem Spielplatz Pause und ließ die Kinder toben.

Als sie später Frau Beierlein davon berichtete, lachte die und meinte: „Das war schon bei uns damals so. Einmal habe ich den Kinderwagen aus dem Keller geholt und vor die Treppe gestellt und dann bin ich kurz in die Wohnung und habe mein Baby geholt. Als ich zurückkam, hatte jemand den Kinderwagen vor die Haustür in den Regen geschoben. Ich konnte nicht weg, weil alles nass war, und ich erst die Matratze trocknen musste."

Kritisch betrachtete sie Lydia, die sich das geheftete Kleid überzog.

„Da müssen wir noch etwas ändern", sagte sie.

„Wieso, das sieht gut aus", widersprach Lydia nach einem Blick in den Spiegel.

„Nein, das muss so aussehen", schnell zog Frau Beierlein an der Schulter und an der Hüfte und steckte Stecknadeln hinein.

Seufzend zog Lydia das Kleid aus, dabei war sie zu ungeduldig und blieb mit den Nadeln an ihrer Wäsche hängen. Eine Nadel stach in den Oberarm.

„Bleiben Sie bloß stehen, ich helfe Ihnen." Vorsichtig zog Frau Beierlein ihr das Kleid über den Kopf.

Nachdem sich Lydia wieder angezogen hatte, setzte sie sich gehorsam hin und änderte die beanstandeten Stellen. Anschließend zog sie das Kleid erneut über, und Frau Beierlein kontrollierte es ein weiteres Mal.

„Jetzt ist es besser. So kann es genäht werden." Die alte Dame klappte die Nähmaschine aus dem Nähtisch und zeigte Lydia, wie sie spulen musste. Sie selbst setzte sich zu den Kindern und bastelte mit ihnen weiter an der Puppenstube, die sie aus einem alten Karton herstellten. Mit Stoffresten tapezierten sie die Wände und fabrizierten Teppiche. Aus Eierkartons bauten sie Tisch und Stühle und Streichholzschachteln bildeten Schränke und Kommoden.

„Wenn eure Puppenstube fertig ist, kaufe ich euch kleine Puppen", versprach Lydia den Jungen.

An diesem Abend war Lydia endlich einmal zufrieden mit sich. An dem Kleid konnte sie erkennen, was sie am Tag geschafft hatte. Im Haushalt und bei den Kindern sah es trotz pausenloser emsiger Tätigkeit am Abend schlimmer aus als am Morgen. Deshalb verstand sie nicht, warum Wilhelm täglich alles aufräumte, sobald die Kinder im Bett waren, sogar Karo und Frau Beierlein spannte er dafür ein. Aber Lydia hatte sich seit jeher über ihren großen Bruder gewundert.

„Hier sieht es fast ordentlich aus", staunte Wilhelm, als er nach Hause kam.

„Wir waren den ganzen Tag oben bei Frau Beierlein", erklärte Lydia.

„Oje, wie sieht es jetzt bei ihr aus? Soll ich hochgehen und ihr helfen?" Unschlüssig stand Wilhelm im Flur.

„Nein, wir haben alles aufgeräumt verlassen", empörte sich Lydia.

Wilhelm unterdrückte ein Grinsen. „Na, dann nehme ich mal Hannibal. Übrigens, könntest du darauf achten, dass Cleo nicht die ganze Tapete abreißt?"

„Hinter der Tür sieht man das gar nicht." Als sie Wilhelms finstere Miene sah, fügte sie schnell hinzu: „Wenn er deinen Lehnsessel zerreißt, wäre es schlechter, oder?"

„Wenn du es ihm nicht sofort abgewöhnst, landet er im Tierheim", erwiderte Wilhelm barsch und nahm Hannibal. Der einstündige Spaziergang im Stadtpark beruhigte ihn wieder.

Er hatte längst vorgehabt zu renovieren. Wie gut, dass der Maler keine Zeit gehabt hatte und erst in einem halben Jahr kam. Jetzt war Wilhelm dafür dankbar.

„Du solltest dir einen Hund anschaffen, wenn wir ausziehen", schlug Lydia vor, als Wilhelm klitschnass nach Hause kam. Er war in einen richtigen Guss hineingeraten und die Bäume waren leider nicht belaubt genug, um Schutz zu gewähren.

„Damit ich mir den Tod hole, weil ich ewig durchnässt bin?", fragte er scharf.

„Damit du nicht so einsam bist, wenn wir weg sind." Lydia holte aus dem Badezimmer ein Handtuch. Tatsächlich fühlte sie sich in letzter Zeit für ihren großen Bruder verantwortlich.

„Im Gegenteil, ich werde froh sein, wenn ich wieder meine Ruhe habe." Wilhelm trocknete sein Gesicht ab und rubbelte über die Haare. Anschließend, suchte er frische Sachen aus dem Schrank und verschwand im Bad. Von der Dusche aufgewärmt, erschien er bald wieder.

Allerdings hatten die Schimmelstellen über der Wanne seine Laune nicht gerade gehoben. Die Feuchtigkeit, die fünf Menschen beim Duschen, Baden und Wäschetrocknen hinterließen, schaffte das kleine Fenster nicht mehr.

„Du brauchst einen Hund, damit du dich bewegst. Du hast in den letzten Tagen abgenommen", führte Lydia das Gespräch fort.

„Unsinn", winkte Wilhelm ab. Er nahm die Decke vom Lehnstuhl und setzte sich hinein. Karo hatte alte Decken für seine Sitzgarnitur geopfert. Jetzt konnte sich Wilhelm hinsetzen, ohne hinterher mit Katzen- und Hundehaaren übersät zu sein. Und er musste nicht ständig befürchten, dass Cleo die Polster zerkratzte.

„Schau mal, die Hose ist inzwischen zu groß." Lydia zog lachend am Bund. „Da passt Sascha auch noch rein."

„Die war von Anfang an reichlich", verteidigte sich Wilhelm und griff nach der Post.

„Heute Morgen hat mich dein Nachbar, ein Junge aus der Wohngemeinschaft angesprochen. Er fragt, ob du ihnen bei ihrer Band hilfst", wechselte Lydia das Thema.

„Bei was?", fragte Wilhelm geistesabwesend und las eine Urlaubskarte von seinem Bruder.

„Du sollst einer Musikgruppe auf die Sprünge helfen."

Wilhelm sah auf, schüttelte den Kopf. „Da mache ich mich nur lächerlich. Das kann ich nicht", lehnte er ab und vertiefte sich in die Telefonrechnung.

„Hast du mit Japan telefoniert?" Er ließ die Rechnung sinken und schaute Lydia scharf an.

„N...n...nein, aber bleib bitte mal beim Thema, Dirk hat dich in den höchsten Tönen gelobt", verfolgte Lydia hartnäckig Dirks Anliegen.

„Aber ich spiele nur klassische Musik", wehrte Wilhelm ab.

„Und Jazz. Das war früher dein Lieblingsgebiet. Probiere es aus. Du kannst dich hier nicht einmauern mit deinen Schallplatten und den unzähligen Büchern." Lydia zeigte auf den Schrank.

Doch Wilhelm blieb ablehnend. Lydia beschloss, ihn nicht mehr zu drängen. Lieber wollte sie irgendwann später darauf zurückkommen. Wenigstens hatte Karo mit dem Auftritt des Quartetts im Altenheim eine Menge erreicht.

Zwei Tage später kam Wilhelm abends vom Gassi Gehen zurück und trocknete Hannibals Pfoten im Treppenhaus mit einem alten Handtuch ab. Lydia stand in der geöffneten Tür und hinderte Cleo daran, auf Erkundungstour zu gehen, als Dirk die Treppe herunterlief.

„Hallo, Dirk", rief Lydia und winkte ihn heran.

„Wilhelm, das ist der junge Student, von dem ich dir erzählt habe. Dirk, ich konnte meinem Bruder noch nicht überzeugen", erklärte Lydia.

„Guten Abend." Wilhelm nickte kurz und wollte in die Wohnung. Aber Lydia versperrte ihm den Weg.

„Guten Abend", sagte Dirk und trat näher. „Ich habe es durchaus ernst gemeint. Ab und zu höre ich, wenn Sie üben, und Ihr Quartett neulich war wirklich gut. Treten Sie öffentlich auf?"

Wilhelm schüttelte den Kopf und trat einen Schritt zurück, weiter konnte er nicht, dazu war der Treppenabsatz zu klein. Was halste ihm seine verrückte Schwester da wieder auf?

„Frau Hansen hat jetzt einen Auftritt im Altersheim organisiert", sagte Lydia.

„Das sollten Sie öfter machen. Sie klingen richtig professionell. Bei uns klappt es nicht besonders gut. Wir sind vier Mann, ein Schlagzeuger, zwei Gitarren und ein Keyboard. Einzeln können wir einiges, aber wir passen nicht richtig zusammen. Sie würden vermutlich sagen, das Arrangement stimmt nicht", erläuterte Dirk.

„Was für Musik spielen Sie?", erkundigte sich Wilhelm. Er zwang, sich höflich zu sein, obwohl er mühsam seine Langeweile unterdrückte.

„Punk."

„Noch nie gehört."

„Das ist eine Art Rockmusik."

„Wie soll ich Ihnen dabei helfen? Ich spiele Klassik auf dem Cello."

„Aber Sie sind musikalisch, Sie könnten es sich anhören und uns einfach Ihre Meinung sagen. Das hilft uns bestimmt weiter", antwortete Dirk optimistisch.

„Ich habe wirklich keine Ahnung davon", sagte Wilhelm. Der Junge sah schrecklich aus. Eigentlich schien er ganz nett zu sein. Nur sein Äußeres! Grauenhaft! Seine Augenbraue war gepierct und an den Ohrmuscheln hing eine ganze Sammlung von Ringen. Wie konnte man sich so verstümmeln? Und als er sich bewegte, rutschte sein Ärmel hoch und Wilhelm erkannte eine tätowierte Spinne auf dem Unterarm.

Dirk lachte. „Sie würden uns einen großen Gefallen tun, wenn Sie es sich einmal anhören würden. Es wäre ein Versuch wert."

Wilhelm zögerte einen Augenblick, weil er nicht wusste, wie er ablehnen konnte, ohne allzu unhöflich zu wirken.

Das nahm Dirk als Zusage. „Dann sehen wir uns also am Samstag um elf Uhr in der großen Garage am Stadtpark." Er grüßte und sprang die Stufen hinab.

Wilhelm schaute verwundert hinterher. „Ich habe gar nicht zugesagt."

„Aber auch nicht abgelehnt." Lydia lachte und machte ihm endlich Platz.

„Dieses moderne Zeug ist laut und scheußlich. Da kann ich nicht hingehen", entsetzt schüttelte sich Wilhelm. Würde er heil von einem Treffen mit diesen Jungen zurückkommen? Nach wie vor sah er in Gedanken dieses gepiercte Gesicht.

„Wieso nicht, du brauchst es dir nur anzuhören. Und wenn es scheußlich ist, dann sagst du, der Schlagzeuger hält den Rhythmus nicht, die Gitarre spielt in der falschen Tonart oder Ähnliches. Nur dass du es blöd findest, solltest du nicht sagen. Höchstens, dass das nicht dein Stil ist." Lydia konnte durchaus höflich sein. Auch wenn sie sich selbst nicht oft daran hielt.

„Seit wann bist du diplomatisch?", fragte Wilhelm deshalb und zog die Jacke aus. Er hängte sie auf einen Bügel und stellte die Schuhe ordentlich nebeneinander in den Schrank. Dann sortierte er die Kinderschuhe, die in einem wilden Haufen davor lagen.

„Du willst die Jungen doch nicht kränken, oder?"

„Wer weiß, wo ich da hineingerate", knurrte er.

„Blödsinn. Die sind ganz harmlos. Hab' nicht ewig solche Vorurteile. Dirk hat mir neulich geholfen und Sascha die Treppe hinuntergetragen." Sie kickte mit dem Fuß einen Kauknochen von Hannibal aus dem Weg.

„Und wer passt auf deine Kinder auf?" Wilhelm verzog die Nase. Schnüffelnd stand er neben dem Katzenklo, das zwischen Garderobe und Badezimmertür stand.

„Oh, die nehme ich mit zu Frau Beierlein. Wir nähen das Kleid fertig", antwortete Lydia lässig.

„Die arme Frau." Wilhelm schüttelte den Kopf.

„Aber sie tut es gern", verteidigte sich Lydia.

„Wirklich?", fragte Wilhelm bissig.

Lydia blieb ihm eine Antwort schuldig. Aber sie bückte sich und lief mit dem Katzenklo zum Mülleimer an der Straße. „Kann ich dich kurz mit den Kindern allein lassen? Ein Student oben braucht für eine Hausaufgabe eine englische Übersetzung?", fragte sie, als sie wieder hochkam. Frau Beierleins Kritik hatte gefruchtet. Sie setzte sich nicht mehr ungefragt über seine Belange hinweg. Abends floh sie nicht mehr sofort, sobald Wilhelm auftauchte. Obwohl sie weiter nach Wohnungen Ausschau hielt, sah sie sich inzwischen nicht mehr jede an, sondern erkundigte sich erst einmal genauer. Dadurch schieden die meisten von vornherein aus. Außerdem las sie bei den Anzeigen zwischen den Zeilen und sortierte die schlimmsten Absteigen aus. Besichtigungen plante sie überwiegend mittwochs und am Wochenende, damit ihr Bruder nicht täglich Babysitter spielen musste.

Wilhelm nickte zustimmend, brachte die Kinder ins Bett und las ihnen vor. Anschließend nahm er ein Buch zur Hand und setzte sich ans Fenster. Doch was war da passiert? Seine vor Kurzem üppig wuchernde Grünlilie war kahl. Ein Teil der Pflanze lag auf dem Fensterbrett. Ebenso die Erde. Und auch der kleine Drachenbaum, den er erst zum letzten Geburtstag bekommen hatte und der eines Tages eine grüne Oase, wie Lydia gemeint hatte, bilden sollte, war völlig verwüstet. Es hatte keinen Sinn sich aufzuregen. Er setzte die Pflanzen auf seine innere Liste mit Schäden, die er nach dem Besuch beheben musste, warf die Reste in den Biomüll und fegte die Erde auf.

Später kam Lydia zurück und schaute zu den Kindern. Dann holte sie sich einen Apfel aus der Küche.

„Was ist das?", rief sie einen Augenblick später. Wilhelm las weiter in seinem Buch, ohne zu antworten. Bis ihm eine abgefressene Pflanze zwischen Buch und Nase geschoben wurde. „Was ist das?", wiederholte Lydia.

„Ein vom unfreundlichen Gast umgebrachter Drachenbaum. Die arme Katze vermisst vermutlich das Katzengras." Wilhelm schob den Arm mit dem Topf zur Seite und versuchte weiterzulesen.

„Ist die giftig?"

„Ich hoffe es", murmelte Wilhelm. „Bevor der Kater die ganze Wohnung ruiniert hat."

„Du bist wirklich herzlos! Wo ist die nächste Tierklinik?", kreischte Lydia.

„Cleo soll nicht sterben", schrie Nico auf und weinte.

Betroffen schaute Wilhelm hoch.

Sascha stand neben seinem Bruder in der Tür, rieb sich die Augen und fing ebenfalls an zu weinen.

„Siehst du, was du angerichtet hast?", giftete Lydia.

„Warum hast du deine dämlichen Tiere mitgebracht? Meine Wohnung ist weder für Kinder noch für Tiere eingerichtet. Woher soll ich wissen, dass deine blöde Katze die Blumen frisst?" Wilhelm stand auf, drückte Lydia das Telefon in die Hand. „Ruf die Giftinformationszentrale an und erkundige dich. Es waren ein Drachenbaum und eine Grünlilie." Dann schnappte er sich den armen Hannibal, verließ die Wohnung und drehte eine Runde. Er hatte Probleme, den Hund zu motivieren, nicht gleich bei der nächsten Ecke umzudrehen, sondern weiterzulaufen. Nach einer halben Stunde kam er zurück.

Die Kinder lagen wieder in ihren Betten. Lydia saß, die Beine auf den Couchtisch gelegt, vor dem Fernseher.

„Die Pflanzen sind ungiftig", sagte sie.

„Waren", verbesserte Wilhelm.

Hannibal verkroch sich gleich in den Korb. Einen Augenblick später schnarchte er laut.

Am Donnerstag blieb Lydia brav zu Hause und hütete die Kinder, damit Karo und Frau Beierlein sich die Aufführung im Seniorenheim anhören konnten.

Das Quartett begann mit einigen bekannten klassischen Stücken. Gerhard spürte schnell, dass die alten Herrschaften lieber leichte Kost mochten, deshalb folgten Lieder aus Operetten und alte Schlager. Obwohl sie darin wenig geübt waren, wurde das „Konzert" ein voller Erfolg. Das Publikum hielt es bis zum Schluss aus und hörte aufmerksam zu.

Die Heimleitung bedankte sich überschwänglich und fragte, ob sie es nicht wiederholen könnten.

Die vier Männer waren von der Freude der Senioren ganz gerührt, daher sagten sie sofort zu.

„Dann müssen wir jetzt andere Stücke üben", kritisierte Wilhelm beim Zusammenpacken der Instrumente und Notenständer.

„Na und, dass macht doch nichts", erwiderte Wolfgang.

„Wir brauchen nur jedes Mal ein, zwei Schlager spielen und können ansonsten unser normales Programm weitermachen", pflichtete Bernd ihm bei. „Schließlich haben wir ein halbes Jahr Vorbereitungszeit."

„Wir haben sonst auch ab und zu andere Sachen gespielt. Perfekt brauchen wir nicht sein. Wir wollen keinen Wettbewerb gewinnen, sondern nur ein bisschen Freude bereiten", fügte Gerhard hinzu. Er kannte Wilhelms Perfektionismus und versuchte ihn schon im Vorwege zu bremsen. „Lass mal fünf gerade sein, Wilhelm", meinte er und legte einen Arm um die Schulter seines Freundes.

Karo und Frau Beierlein lobten die Vorführung auf dem Heimweg begeistert.

„Eine Schande, dass ihr mit solchen Fähigkeiten bisher nie aufgetreten seid", rügte Karo.

„Die Leute haben sich gefreut. In diesen gemeinnützigen Heimen gibt es wenig Abwechslung, in den teuren privaten Seniorenanlagen ist es anders. Für viele ist das Leben schrecklich trist. Schön wie Sie da ein bisschen Freude reingebracht haben." Frau Beierlein strahlte ihn an.

Ihre gute Laune übertrug sich auf Wilhelm. Dabei fühlte er sich schuldbewusst, weil er vorhin an dieser leichten Kost herumgemeckert hatte. Vielleicht war es wirklich seine Pflicht, etwas für andere zu tun. Darüber musste er in Ruhe nachdenken. Frau Beierlein konnte sein Zögern bestimmt nicht verstehen, selbstlos wie sie jederzeit half.

Wilhelm mausert sich
„Was ziehst du morgen an, wenn du zu den Kids gehst?", fragte Lydia am Freitagnachmittag und musterte Wilhelm. Dabei zog sie die Augenbrauen zusammen.

„Na, das hier." Wilhelm zeigte auf seine schwarze Stoffhose und das hellblaue Hemd.

„So kannst du dort nicht erscheinen", protestierte Lydia.

„Mit ausgefransten Jeans auch nicht, dass kaufen die mir nicht ab, da mache ich mich lächerlich", gab Wilhelm zurück.

Lydia grinste. „Aber vielleicht mit legerer Stoffhose und Pulli, sonst wirkst du gar zu spießig", schlug sie vor.

„Habe ich auch." Wilhelm holte die Pullis aus dem Schrank.

„Nee, mit diesen altmodischen Dingern kannst du unmöglich herumlaufen. Die sind bestimmt zwanzig Jahre alt", protestierte Lydia.

„Aber die sind tadellos in Ordnung. Eine hervorragende Qualität. Die trage ich immer", sagte Wilhelm verständnislos und breitete seinen Lieblingspulli aus. „Lambswool, weich und warm. Und der hier ist sogar aus Kaschmir." Er hielt einen dunkelblauen, mit V-Ausschnitt hoch.

Lydia kramte im Stapel und zog von unten einen heraus. „Den hast du noch? Den haben wir dir zum dreißigsten Geburtstag geschenkt!" Sie wendete ihn hin und her. „In deiner eigenen Wohnung zum Putzen geht es vielleicht, aber auf die Straße solltest du dich damit nicht trauen. Und die Kids werden geschockt sein, wenn sie dich sehen undsich deshalb laufend verspielen. Komm, wir kaufen dir schnell eine Hose und ein oder zwei akzeptable Pullover", schlug Lydia vor und zerrte Wilhelm zur Garderobe.

„Blödsinn, so einen Aufwand", schimpfte Wilhelm. Doch Lydia ließ nicht locker. Sie zog den Jungen Schuhe und Jacken an und legte Anna-Lena in den Kinderwagen. Und da Wilhelm ihr half und verhinderte, dass Sascha sich die Schuhe wieder auszog und ihr das Kinderwagenunterteil aus dem Keller holte, waren sie nach zwanzig Minuten bereit zum Einkaufen.

„Ich will viel lieber zu Tante Beierlein", jammerte Nico auf der Treppe und blieb vor der Tür der Nachbarin stehen.

„Wir wollen Eis essen", lockte Lydia.

Wilhelm schob den Kinderwagen und Sascha, der auf dem Rollbrett stand. Nico ging an Lydias Hand. „Wo ist unser Eis?", nörgelte er an der ersten Querstraße.

„Gleich, am Marktplatz ist eine Eisdiele, da bekommt ihr welches." Dann wandte sie sich Wilhelm zu. „Da ist nämlich ein Herrenausstatter, zu dem gehen wir."

Nico löste sich von der Hand und lief voran.

„Aber der ist extrem teuer", widersprach Wilhelm. Entsetzt dachte er an die Preisschilder im Schaufenster.

„Du bist nicht arm. Für wen sparst du denn? Mitnehmen kannst du später nichts. Und dass du heiratest und vier Kinder kriegst, kann ich mir nicht vorstellen. Außerdem hast du in den alten Klamotten überhaupt keine Chance, eine Frau kennenzulernen", sagte Lydia und schleppte den widerstrebenden Wilhelm mit. Sascha dauerte es zu lange. Er sprang plötzlich vom Brett, sodass Wilhelm nicht mehr rechtzeitig bremsen konnte und ihn trat. Ohne die übliche Wehleidigkeit rannte er zu seinem Bruder und mit ihm in Richtung Marktplatz. Schließlich wollten sie unbedingt ihr Eis bekommen. Lydia und Wilhelm mussten sich beeilen, sie einzuholen und an die Hand zu nehmen, damit sie nicht an der großen Kreuzung in die Autos rannten. Allerdings waren die Jungen enttäuscht, als sie erst in den Laden mit der langweiligen Kleidung mussten, statt sofort in die Eisdiele zu dürfen.

Der Verkäufer musterte sie, als wären sie aussätzig. Ein Blick auf die Kinder, einen zweiten auf Wilhelms korrekten, aber nicht eben modischen Anzug reichten ihm. Aber Lydia ließ sich nicht beirren, sondern steuerte zielstrebig auf ihn zu und erklärte ihm ihre Wünsche. Da sie mode- und qualitätsbewusst war, hellte sich seine Miene wieder auf, und er zeigte ihr Verschiedenes. Sie nahm Rücksicht auf ihren Bruder und suchte dezente Sachen aus, also blieb Wilhelm nur übrig, ihr klarzumachen, dass ihm ein Pullover nicht zweihundert Euro wert wäre.

„Nein, nein, der Preis ist bei dieser Qualität durchaus angemessen", beruhigte sie ihn.

Sie waren mit den Hosen und Pullovern beschäftigt und bemerkten nicht, wie Nico und Sascha zwischen den Ständern Verstecken spielten. Selbst als Nico und Sascha ein paar Krawatten aus einem Regal zogen und damit den Fußboden verschönerten, sahen sie nicht auf, sondern diskutierten, welcher Pullover besser wäre.

Der Verkäufer winkte unauffällig einen Auszubildenden heran und beauftragte ihn, aufzuräumen und die Kinder zu beschäftigen.

„Probiere die graue Hose und den anthrazitfarbenen Pullover an, bitte." Sie reichte ihm beides. Als Wilhelm weiter zögerte, sagte sie. „Die kaufe ich dir, ich hatte ja nicht einmal Blumen mit, als wir ankamen. Außerdem fütterst du uns seit Wochen durch."

Geschlagen ließ sich Wilhelm in die Umkleidekabine führen. Die dritte Hose passte, und er war mit den zwei Pullis, die Lydia ihm ausgesucht hatte, zufrieden. Natürlich ließ Wilhelm Lydia nicht bezahlen, sondern zückte die Scheckkarte.

Modisch gerüstet ging Wilhelm am nächsten Tag zur alten Garage am Stadtpark. Als er die vier Jungen in ihren alten zerrissenen Jeans, eine wurde sogar mit großen Sicherheitsnadeln zusammengehalten, und Sweat-Shirts sah, zweifelte er, ob seine neue Kleidung wirklich nötig gewesen wäre.

Wie erwartet, machte die Band eine Menge Lärm. Wilhelm hätte es normalerweise nicht als Musik bezeichnet. Er bedauerte, keine Watte für die Ohren mitgenommen zu haben. Trotz des Krachs und der Schmerzen dadurch ertrug er sie drei Stücke lang.

Dirk hatte zwar schon nach dem ersten auffordernd zu ihm hingeschaut, doch der Junge am Keyboard fing gleich das nächste Lied an und unterband damit ein Gespräch.

Endlich hörten die Jungen auf zu spielen. Dirk sah ihn gespannt an. „Nun, was meinen Sie?"

„Ich verstehe von dieser Musik nichts." Etwas Besseres fiel ihm nicht ein.

„Aber Dirk sagt, du bist ein toller Musiker." Ein Junge mit langen Locken sah ihn finster an.

„Sie waren öfter nicht im Takt. Die Bassgitarre ist zu langsam. Sie müssen viel üben, um Ihre Technik zu verbessern", sagte er dem Langhaarigen.

„Das soll so sein", verteidigte sich der Junge.

„Bis auf das letzte Stück stimmte der Takt nicht. Fast immer verschleppte die Bassgitarre das Tempo. Der Rhythmus des Schlagzeugers hat ein paarmal nicht gestimmt. Außerdem hatte in einigen Teilen das Keyboard eine andere Tonart gespielt als die Gitarren."

Die Jungen schluckten. „Wir spielen nicht diese altmodische harmonische Musik."

Wilhelm verkniff sich die Bemerkung, dass auch moderne Musik stimmig sein müsste. Vorsichtshalber hatte er nach dem Begriff Punk gegoogelt und sich ein paar Sachen angehört. Völlig ahnungslos wollte er den Jungen nicht gegenüberstehen.

„Wer gibt eigentlich den Takt vor? Sie brauchen einen Anführer."

„Aber wir machen unsere eigene Musik und jeder ist gleichberechtigt", sagte der Schlagzeuger, ein Junge mit schwarzgefärbten Haaren.

„Beim Jazz ist es so", fügte der Bassgitarrist hinzu.

Wilhelm lächelte. „Nein, beim Jazz gibt es ein Grundschema. An das halten sich alle, dadurch haben sie die Freiheit, innerhalb dieser Vorgaben zu improvisieren. Aber bei Ihnen stimmte der Rhythmus von vornherein nicht. Und wenn einer zu langsam ist, muss er an seiner Technik arbeiten. Sie sollten sich vorher klar sein, welchen Rhythmus und welche Tonart das Stück haben soll. Wenn jeder irgendetwas spielt, klingt es nicht gut." Wilhelm suchte krampfhaft nach Wörtern, um es ihnen klar zumachen.

„Wir sind Partner. Alle bringen sich mit Ideen ein."

„Es ist wie bei einer Fußballmannschaft, wenn jeder denkt, er sei ein Star und nur für sich spielt, wird die Mannschaft verlieren. Wenn sie hingegen zusammenspielen und jeder versucht, die Fehler des anderen auszugleichen, wird sie erfolgreich sein." Aus dem Augenwinkel sah Wilhelm, dass der Schlagzeuger ihn imitierte. Er seufzte, warum hatte er sich bloß von Lydia dazu überreden lassen. Er zuckte mit den Achseln. „Sie haben mich um meine Meinung gebeten." Er drehte sich um und verließ die Garage.

Da ihm die Ohren klingelten, machte Wilhelm erst einmal einen langen Spaziergang durch den Park und genoss die Stille.

Auf dem Heimweg hörte er Stimmen vom Spielplatz neben dem Hause. Er schaute nach. Karo backte mit Nico Kuchen, und Sascha vergrub sein Auto im Sand.

„Musst du wieder die Bengel hüten?", fragte er.

„Lydia hat überraschend eine Wohnung angeboten bekommen und da ich Zeit habe, passe ich eben auf die Drei auf. Der Pulli steht dir gut", lobte sie.

Wilhelm wurde rot vor Verlegenheit. Vielleicht war die Ausgabe des teuersten Kleidungskaufs seines Lebens nicht unnütz gewesen.

„Lydia hat mir versprochen, sich zu beeilen, weil ich später ins Altersheim will. Meine beiden alten Damen warten auf ihren Spaziergang, komm doch mit", sagte sie und grub einen Tunnel für die Autos.

„Wenn Lydia rechtzeitig da ist, sonst passe ich auf die Kinder auf."

„Wie war es bei den Jungs?", fragte sie neugierig.

„Dirk bereut bestimmt, dass er mich gefragt hat. Ich habe wirklich keine Ahnung von moderner Musik.

Ich bin für die ein altmodisches Fossil. Immerhin habe ich für Gesprächsstoff gesorgt", meinte Wilhelm selbstironisch. Aber da irrte er sich. Dirk lugte über die Hecke.

„Hier sind Sie. Ich habe schon oben an der Wohnung geklingelt", erklärte er und fuhr fort. „Wir waren von der vielen Kritik etwas geschafft und haben eine Stunde darüber diskutiert. Natürlich hatten wir gedacht, dass ein Musikkenner uns ganz toll finden würde. Ali und Christof meinten gleich, der Verriss wäre nicht berechtigt, und ich hätte halt keinen älteren Herrn, der sowieso gegen jede Art moderner Musik ist, um Rat bitten sollen. Aber dann haben wir uns mit den Äußerungen ehrlich und offen auseinandergesetzt. Sie haben recht. Musikalische Kenntnisse sind halt übertragbar. Unser Rhythmus stimmte nicht, das habe ich wiederholt angemahnt. Und Alis Technik ist grauenhaft, er ist an schnellen Stellen zu langsam. Er ist zu faul und übt nicht genug. Jetzt haben wir ihm ein Ultimatum gestellt, entweder er kann seinen Part nächste Woche, oder er fliegt aus der Band. Außerdem haben wir festgestellt, dass Punk nicht unseren Fähigkeiten entspricht. Wir sollten vielleicht etwas mehr unseren eigenen Stil entwickeln. Christof möchte sich Richtung Ska entwickeln. Sein Bruder spielt Saxofon und könnte bei uns einsteigen. Mir liegt es auch mehr. Ali ist dagegen. Aber wenn er sowieso aufhört, ist das egal. Dann suchen wir einen passenden Bassisten, zusätzlich vielleicht einen Trompeter." Er machte eine kleine Pause und lächelte Wilhelm an. „Wir würden uns freuen, wenn Sie uns nächste Woche wieder besuchen kämen. Schauen Sie kurz vorbei und sagen Sie uns Ihre Meinung, auch wenn wir Tadel nicht gerne hören. Aber wir müssen uns daran gewöhnen, wenn wir wirklich öffentlich auftreten wollen. Außerdem gibt es Anregungen. Ich hoffe, Sie sind nicht beleidigt, wenn wir ab und zu anderer Meinung sind."

Wilhelm schwieg verblüfft, als Dirk aufhörte. Der Junge schaute ihn erwartungsvoll an. Deshalb mochte Wilhelm ihn nicht enttäuschen und nickte zustimmend.

„Das ist toll. Entschuldigen Sie, ich habe gleich eine Verabredung." Dirk eilte gut gelaunt davon.

Karo lachte. „Wie unbekümmert er ist. Jetzt hast du einen Nebenjob. Die Jungen setzten große Erwartungen in dich."

Wilhelm verzog das Gesicht. „Zu Unrecht. Was ist Ska? Ich habe überhaupt keine Ahnung. Meine Kenntnisse betreffen die Musik der 50er und 60er Jahre. Jetzt muss ich mich wohl erst einmal informieren. Aber wo und wie? Im Internet habe ich es schon probiert. Das reicht mir nicht." Er grübelte.

„Habt ihr keine jungen Leute in der Firma? Und Lydia kann dir vielleicht ein paar Tipps geben", meinte Karo leichthin.

Zum Glück erschien Lydia pünktlich und Karo nahm Wilhelm mit zum Altersheim. Im Aufenthaltsraum setzte sie ihn in eine ruhige Sitzecke und drückte ihm einen Band mit Kurzgeschichten in die Hand. Widerstandslos las Wilhelm eine Stunde lang vor. Seine Zuhörer wechselten teilweise, aber Wilhelm ließ sich seine Irritation nicht anmerken. Wenigstens waren in der Anthologie Geschichten von Autoren, die er schätzte und die ihm gefielen.

Ein kahlköpfiger Mann nickte ein. Wilhelm zwang sich, beim Aufsehen an ihm vorbeizuschauen. Erst als sein Schnarchen zu sehr störte, und er lauter sprechen musste, stoppte er.

„Karl, wach auf." Eine kleine Frau stieß den Schläfer resolut mit dem Ellenbogen an, sodass er erschrocken hochfuhr, sich aufrichtete und entschuldigend lächelte. Kurz danach sackte er wieder zusammen und schnarchte weiter.

Zumindest eine alte Dame hörte Wilhelm hingebungsvoll die ganze Zeit über zu. Damit gab er sich zufrieden.

Endlich klappte er das Buch zu und fragte die Dame, ob sie Lenz liebte. Sie sah ihn verständnislos an und reagierte nicht. Wilhelm wiederholte die Frage mit erhobener Stimme, aber sie antwortete trotzdem nicht.

„Frau Rieker ist taub, die versteht überhaupt nichts mehr", meinte schließlich eine andere Alte kichernd.

Als Karo ihn abholte, meinte er desillusioniert: „Deine Idee mit dem Vorlesen war katastrophal."

„Wieso, die alten Herren haben sich ganz begeistert geäußert. Und Frau von Apen meinte, du würdest ausgezeichnet lesen und wollte wissen, ob du Schauspieler seist."

Wilhelm lachte. „Die sind mitten in den Geschichten gekommen und gegangen und haben sich unterhalten. Einer ist sogar eingeschlafen und hat laut geschnarcht. Und die Einzige, die die ganze Zeit interessiert zugehört hat, ist völlig taub", sagte er grimmig.

„Etwas undiszipliniert sind sie schon. Wer weiß, was wir für Marotten kriegen, wenn wir alt werden." Karo schmunzelte und verkroch sich tiefer in ihren Mantel.

„Dazu brauche ich nicht alt werden", gab Wilhelm zu. Karo lachte ansteckend.

„Ich weiß ja, was meine Kollegen in der Firma von mir denken und Lydia nimmt auch kein Blatt vor dem Mund. Aber ich brauche eben meine Sicherheit. Sonst fühle ich mich nicht wohl", erklärte er verlegen.

„Ich finde, du hast dich in letzter Zeit verändert, und zwar zum Positiven. Lydia hat dein Leben ganz schön durcheinandergewirbelt."

„Sie war schon immer chaotisch, ist nie richtig erwachsen geworden", stimmte Wilhelm zu.

„Und du hast sie jedes Mal aus ihren Nöten gerettet, kein Wunder, dass sie nicht gelernt hat, eigene Verantwortung zu tragen. Und jetzt ist es genauso! Wer rennt abends zum Kaufmann, weil die Lebensmittel aufgebraucht sind? Wer spielt den Babysitter, wenn Lydia in die Disco will?", warf Karo ihm vor. Sie wollte ihm nicht wehtun, aber Wilhelm tat ihr leid. Lydia nutzte ihn weidlich aus und das musste Wilhelm endlich erkennen und abstellen.

„Aber du und Frau Beierlein passt auch auf, und ich kann euch nicht die ganze Last für meine Neffen aufbürden", verteidigte sich Wilhelm.

„Das brauchst du gar nicht. Wir lassen uns nicht ausnutzen. Frau Beierlein weiß durchaus, wie sie deine Schwester zu nehmen hat. Sie bringt Lydia dazu, endlich etwas im Haushalt zu tun. Dieser Haushaltungskurs war längst überfällig. Und ich habe bereits vor Jahren gelernt, mich durchzusetzen, wenn es nötig ist", erklärte Karo.

Müde fiel Wilhelm abends ins Bett. Statt sich am Wochenende zu erholen, hatten ihn die Frauen ganz schön rangenommen. Sein sonstiges Junggesellenleben war erheblich geruhsamer.

Einige Tage später löste er sein Versprechen Frau Müller gegenüber ein. Er ging mit der Putzfrau und ihrem Sohn zum Klassenlehrer.

Herr Karstens war nicht der unsympathische Tyrann, der Waldemar drangsalierte, sondern ein engagierter junger Mann, der einfach resigniert hatte, weil bei dem Jungen nichts half. Und Frau Müller war dieser Autoritätsperson gegenüber ängstlich, sodass sie sich nicht widersetzt hatte.

„Können Sie Waldemar nicht eine Chance geben? Er will unbedingt in die Hauptschule gehen und später seinen Schulabschluss machen, dafür ist er bereit, zweimal die Woche mit mir zu üben."

„Waldemar ist viel zu alt für seine Klasse. Es macht keinen Sinn. Er hat überhaupt keine Lust, etwas zu tun, um Anschluss an seine Kameraden zu finden." Herr Karstens schüttelte den Kopf.

„Ich will Tischler werden. Ich helfe ab und zu in einer Tischlerei in der Nachbarschaft. Der Chef nimmt mich als Auszubildender, wenn ich in ein paar Jahren den Schulabschluss vorzeigen kann." Vor Aufregung hatte Waldemar einen roten Kopf bekommen.

Herr Karstens schwieg eine Weile, schließlich meinte er: „Gut, Waldemar, wenn du versprichst, dich zu ändern. Dazu gehört regelmäßig zur Schule zu kommen und deine Hausaufgaben zu machen. Ich versuche, meine Kollegen zu überreden, es ein halbes Jahr mit dir zu probieren. Wenn du dich bis dahin nicht verbessert hast, lasse ich mich nicht mehr überreden. Dann fliegst du raus!"

Vor der Schule nahm Frau Müller Wilhelms Hand und schüttelte sie wie einen Pumpenschwengel auf und ab. „Danke, vielen Dank."

Wilhelm entzog ihr die Hand nach einer Weile und vereinbarte mit Waldemar, sich montags und mittwochs nach der Arbeit in der Kantine zu treffen. Waldemar war ganz enthusiastisch und versprach, zu lernen und regelmäßig zu kommen.

Wilhelm ließ sich sein Misstrauen nicht anmerken. Gemeinsam gingen sie zur Bushaltestelle. Mutter und Sohn liefen weiter die Straße hinunter. Wilhelm schaute ihnen gedankenverloren hinterher. Ob sie es bereuten, von Kasachstan nach Deutschland gezogen zu sein?

Wieder einmal lief Lydia wie ein aufgescheuchtes Huhn auf dem Gehweg vor dem Haus hin und her. Wilhelm schwante nichts Gutes. Sicher wollte sie ausgehen und hatte vergessen, dass er angekündigt hatte, später zu kommen. Allerdings war sie dafür nicht genug herausgeputzt. Keine hohen Absätze, keine knallengen Hosen und Shirts. Außerdem schaute sie dauernd am Haus hoch. Wilhelm folgte ihrem Blick, noch ehe er bei ihr war. Oben auf dem Dach saß eine Katze. Doch nicht etwas Cleo?

„Endlich kommst du, du musst Cleo herunterholen." Lydia zog ihn am Ärmel und zeigte nach oben.

„Und wie soll ich das anstellen?", fragte er. „Ich bin schließlich nicht Supermann und fliege da hoch."

Lydia lachte etwas hysterisch. „Der Kater kann doch nicht auf dem Dach bleiben."

„Wenn er genug von seinem Spaziergang hat, wird er schon wieder zurückkommen. Aber vielleicht ist ihm die Wohnung ganz einfach zu eng."

„Er klettert nie. Er ist ein Stubentiger."

„Trotz eures großen Gartens? Ihr wohnt richtig auf dem Dorf."

„Wer heute eine Katze frei laufen lässt, handelt unverantwortlich. Bei dem Verkehr! Die werden alle gleich überfahren."

„Dafür haben sie davor ein glückliches und interessantes Leben gehabt. Während sich deine Katze nur langweilt und deshalb Blödsinn macht."

Wilhelm wollte weitergehen, aber Lydia hielt ihn fest. „Du musst etwas tun."

Er zuckte die Achseln. Der Kater war inzwischen auf dem Nachbarhaus. Cleo bewegte sich langsam vorwärts. So ganz geheuer schien ihm die Höhe nicht zu sein.

„Am besten rufst du die Feuerwehr. Den Einsatz musst du allerdings bezahlen. Horst zückt sicher gern seine Kreditkarte für den Kater."

Lydia verzog ihr Gesicht und Wilhelm unterdrückte gerade eben noch ein schadenfrohes Grinsen.

Trotzdem reichte er Lydia seinen Aktenkoffer. „Sind die Kinder allein in der Wohnung?"

Lydia nickte, deshalb schickte Wilhelm sie hoch. Anschließend drückte er am Nachbarhaus auf die oberste Klingel. Herrn Reinhardt kannte er zwar nur vom Sehen, doch der wohnte in der ausgebauten Mansardenwohnung und eine andere Möglichkeit sah Wilhelm nicht. Er sprach sein Anliegen in die Gegensprechanlage und wurde eingelassen. Einen Augenblick später stand er mit Herrn Reinhard am Gaubenfenster und versuchte, den Kater heranzulocken.

„Cleo komm, Cleo", rief Wilhelm. Ohne Erfolg. „Wir brauchen wohl wirklich die Feuerwehr", murmelte er.

„Wegen eines Spaziergangs? Blödsinn." Herr Reinhard verschwand, kam nach kurzer Zeit wieder. In der Hand hielt er eine Packung Scheibenkäse. „Mal sehen, ob wir ihn ködern können." Er brach ein Stück ab und warf es Cleo vor die Nase. Der Kater streckte sich, schnupperte und fraß. Das zweite landete etwas näher am Fenster. Diesmal zögerte das Tier, doch dann siegte die Fressgier.

„Hoffentlich ist er nicht schon satt, bevor er hier ist", murmelte Wilhelm.

Herr Reinhard lachte leise. Der folgende Wurf ging zu weit. Der Käse fiel in den Garten. Wilhelm beugte sich hinaus. Kein Grund zur Panik. Cleo rührte sich nicht. Die nächsten Teile landeten besser und bald stand der Kater auf dem Fensterbrett und fraß eine ganze Scheibe.

„Am besten erzählen Sie niemanden, wie wir ihn gelockt haben. Käse gehört wohl kaum zur gesunden Katzenernährung", meinte Herr Reinhard, als Wilhelm sich vielmals bedankte und dann verabschiedete. Daheim rollte sich das Vieh gleich auf dem Sofa zusammen und schlief trotz des Kinderlärms.

Wilhelm macht Karriere
Pünktlich halb fünf Uhr erschien Frau Müller in Wilhelms Büro. „Guten Abend, Herr Petermann, Waldemar warten in Kantine."

Wilhelm nickte ihr zu und legte einen Ordner Rechnungen und seine Stifte in die Schreibtischschublade.

Tatsächlich saß Waldemar brav an einem Tisch und vor ihm lag ein Stapel Bücher und Hefte. Wilhelm griff sich sein Mathematikheft und schaute sich die Aufgaben an. Dann erklärte er ihm das Umrechnen der Maße.

„Ist doch egal, wie viel Zentimeter ein Meter hat."

„Wenn dein Zimmer nur ein Meter achtzig breit ist und dein Bett ist neunzig Zentimeter breit, passt dann noch ein Schreibtisch von sechzig Zentimeter Tiefe vor das Bett?"

Waldemar rechnete mit Wilhelms Hilfe die Zentimeter in Meter um und subtrahierte. „Ja, das passt!"

„Wie viel Platz ist für den Stuhl vorhanden?"

„Dreißig Zentimeter."

„Reicht das?"

Waldemar zuckte die Achseln, deshalb ließ Wilhelm sich sein Lineal geben und stellte den Stuhl dreißig Zentimeter vor den Tisch.

„Das geht", behauptete Waldemar.

Wilhelm versuchte, sich hinzusetzen. Waldemar lachte ihn aus. Aber er schaffte es auch nicht, ohne den Stuhl ein bisschen zu verschieben.

„Aber ich kann auf dem Bett sitzen. Ich brauche keinen Stuhl."

„Oder einen kleineren Schreibtisch und ein schmaleres Bett besorgen. Aber es ist sinnvoll, es vorher auszumessen und auszurechnen und dann erst zu kaufen. Sonst musst du die Möbel umtauschen." Wilhelm ließ Waldemar mit dem Lineal den Tisch und die Tür und ein Fenster ausmessen. „Nächstes Mal bringe ich einen Zollstock mit", versprach er. Anschließend ließ er Waldemar weiterrechnen. Zwischendurch kontrollierte er die Lösungen, und Waldemar musste die falschen Aufgaben korrigieren.

Zum Schluss gab er Waldemar Textaufgaben. Damit hatte der Junge Probleme, weil er die Aufgaben nicht verstand. Also erklärte er sie ihm. Schließlich meinte er zu Waldemar: „Ich glaube, du kannst es jetzt alleine."

„Sie können das viel besser erklären als Herr Karstens", lobte Waldemar.

„Dann wirst du bald erfolgreicher sein als bisher", stellte Wilhelm trocken fest.

„Hoffentlich!" Es klang nicht sehr überzeugt.

„Denk an die Tischlerei. Wenn man auf ein Ziel hinarbeitet, klappt es", ermunterte Wilhelm ihn. „Wenn du wirklich Tischler werden willst, musst du rechnen können."

Als Waldemar gegangen war, stellte Wilhelm fest, dass auch ihm die Stunde etwas gebracht hatte. Er hatte sich gründlich überlegen müssen, wie er etwas möglichst einfach erklärte.

Hannibal begrüßte ihn stürmisch. Er hatte Mühe, den Hund wieder auf den Boden zurückzubringen. Jeden, den er liebte, sprang er an und leckte Hände und sogar das Gesicht, wenn er es erreichen konnte. „Platz, sitz", befahl Wilhelm energisch, doch der Hund lief stattdessen weg und schleppte seine Leine an, legte sie Wilhelm vor die Füße und blieb jaulend vor der Tür stehen. Zum Glück hatte Lydia eingekauft und den Kindern Essen gekocht. Frau Beierlein sorgte inzwischen daheim für Zucht und Ordnung. Wilhelm ging zügig mit Hannibal über die Wege im Stadtpark. Der Hund konnte etwas Training genauso gut gebrauchen wie er. Lydias Besuch hatte viele Veränderungen in sein Leben gebracht. Er hatte mit Nachbarn Bekanntschaft geschlossen, mit denen er seit Jahrzehnten zusammen wohnte. Er besuchte Altenheime, arbeitete mit einer Jugendband und kümmerte sich um einen Schulversager, alles nur, weil er sich nicht energischer dagegen gewehrt hatte. Was war aus seinem geruhsamen, geordneten Leben bloß geworden? Jetzt war der einzige ruhige Moment sein abendlicher Spaziergang mit Hannibal. Dabei verabscheute er eigentlich Haustiere, besonders ungezogene, fette Hunde.

Beim Nachhausekommen traf er Karo im Treppenhaus.

„Guten Abend, Lydia sorgt durch Hannibal für eine gesunde Lebensweise", stellte sie augenzwinkernd fest.

„Aber nicht aus Menschenfreundlichkeit." Wilhelm grinste sie an.

„Und du hast wieder einmal nicht nein sagen können?" Karo lachte.

„Lieber mit dem Hund Gassi gehen, als wenn er sein Geschäft oben verrichtet. Außerdem habe ich dann eine Stunde Ruhe vor den Kindern, das ist die einzige angenehme Seite an diesem Vieh."

Wilhelm nahm seinen ganzen Mut zusammen und fragte: „Am Samstag gibt es Zar und Zimmermann in der Oper. Würdest du mit mir dahin gehen?"

„Ja, gern. Ich bin lange nicht mehr in der Oper gewesen." Karo lächelte ihn an und ihm wurde ganz warm ums Herz.

In der Wohnung warteten Sascha und Nico brav auf Wilhelm. Sie saßen im Schlafanzug auf den Luftmatratzen. Sein abendliches Vorlesen bildete den krönenden Abschluss ihres Tages. Wilhelm wunderte sich, wie ordentlich seine Wohnung inzwischen aussah und wie reibungslos der Tagesablauf klappte. Lydia hatte in den letzten Wochen viel gelernt. Frau Beierlein war eine strenge Lehrerin und gute Haushälterin. Wilhelm musste allerdings zugeben, dass seine Ansprüche gesunken waren. Noch vor wenigen Wochen hätte er die Wohnung als völlig unordentlich empfunden, jetzt war er froh, wenn die Schuhe ordentlich aufgereiht im Flur standen und nicht überall in der Wohnung verteilt Spielzeug und angebissene Äpfel lagen. Natürlich mussten die Sachen irgendwo bleiben und passten nicht in die kleinen Schränke. Er freute sich auf das Vorlesen. Die Begeisterung der Kinder steckte an, deshalb opferte er ihnen jeden Abend eine halbe Stunde seiner knappen Freizeit. Hier spürte er eine Wirkung, die ihm im Altenheim gefehlt hatte.

Als er sich erhob, das Licht ausschaltete und Lydia suchte, saß sie in der Stube und nähte.

„Horst würde dich gar nicht wiedererkennen, so häuslich bist du geworden", stichelte er.

Lydia lachte. „Schau mal, das Kleid ist fertig. Ich brauche nur noch den Saum zu nähen. Frau Beierlein hatte es mir gar nicht zugetraut. Okay, wenn ich gewusst hätte, wie viel Arbeit darin steckt, hätte ich gar nicht erst angefangen."

„Was macht die Wohnungssuche?" Wilhelm nahm die Noten aus dem Schrank und packte sein Cello aus.

„Hoffnungslos. Ich habe inzwischen wohl sämtliche leerstehenden Wohnungen der Stadt besichtigt. Etwas Passendes war nicht dabei." Trotzdem wirkte Lydia fröhlich.

„Und was soll jetzt werden?" Wilhelm stimmte das Instrument.

„Keine Ahnung", antwortete sie sorglos und nähte eine Weile schweigend weiter.

„Du erinnerst dich sicher an Susann Schrade? Die habe ich neulich getroffen. Sie malt immer noch nebenher. Ihre Bilder sind wirklich gut, da dachte ich, sie müsste einmal eine Ausstellung machen. Ich habe mit der Kirche telefoniert, die hat sich bereit erklärt, die Bilder im Foyer des Kirchenzentrums auszustellen. In acht Wochen sind die Räume frei. Jetzt muss ich Susann helfen, die passenden Bilder auszusuchen und aufzuziehen, bisher lagen sie in einer Mappe. Außerdem muss ich Werbung für die Ausstellung machen", sprudelte sie hervor.

„Dann hast du ja dein nächstes Projekt gestartet", seufzte Wilhelm. Er sah Lydia auch im nächsten Jahr in seiner Wohnung hausen. Jetzt würde sie keine Zeit mehr für Besichtigungen haben. Dafür hätte sie drei Ausstellung und fünf Konzerte organisiert und einen Partyservice ins Leben gerufen, bei dem Frau Beierlein und Karo die Arbeit erledigen müssten.

„Ja, organisieren kann ich. Ich richte viele Feiern für Horst aus", erklärte Lydia.

Seine Befürchtungen verdichteten sich. In dem Moment klingelte es. Karo wollte wissen, wann die

Oper am Samstag anfinge. Wilhelm bat sie herein und Lydia musste ihr unbedingt das Kleid vorführen, dabei erzählte sie weiter von der Ausstellung.

„Warum baust du dein Organisationstalent nicht beruflich aus?", schlug Karo vor. Wilhelms schockierten Blick ignorierte sie.

„Wie denn?" Lydia zog sich ihre Highheels an, stöckelte in dem Selbstgenähten hin und her, drehte sich um sich selbst und versuchte, sich in den gläsernen Schranktüren zu betrachten.

„Viele Firmen feiern Richtfeste, Einweihungen und Jubiläen, dann brauchen sie jemanden, der das organisiert. Wenn es ein Mitarbeiter übernimmt, fällt der tage- oder gar wochenlang für seine normale Arbeit aus", erklärte Karo.

„Meinst du wirklich, ich könnte es?" Lydia kam ins Grübeln.

„Natürlich, so etwas kannst du nebenbei machen. Je nach Auftragsmenge wächst die Arbeit, du kannst selbst steuern, wie viele Aufträge du annimmst."

„Aber die Kinder?", überlegte Lydia.

„Die hat auch bisher der Kindergarten und Frau Schröder betreut", zerstreute Karo die Bedenken.

Wilhelm hielt sich lieber aus dem Gespräch heraus. Er hatte bei Lydia nur zu viele Strohfeuer erlebt. Sacht strich er mit dem Bogen über die Saiten des Cellos.

Am nächsten Morgen traf er Karo auf der Treppe, als er zur Arbeit ging, und sie ihren Mülleiner entleeren wollte.

„War es richtig, Lydia einen Floh ins Ohr zu setzen?", fragte er sie.

„Warum nicht. Wenn sie endlich die passende Aufgabe gefunden hat, wird sie ruhiger werden."

„Wahrscheinlich schmeißt sie den Kram nach einem Vierteljahr wieder hin und Horst fühlt sich verpflichtet, die nicht erfüllten Aufträge von seiner Sekretärin erledigen zu lassen", mutmaßte Wilhelm.

„Nicht, wenn es ihr Spaß macht. Die Tätigkeit ist abwechslungsreich und anspruchsvoll, da wird sie endlich gefordert. Organisieren liegt ihr anscheinend." Als sie Wilhelms Grimasse sah, fügte sie hinzu: „Solange es nicht um langweilige Sachen wie Haushalt und Kinder geht. Pass auf, sie macht noch Karriere. Und sie kehrt zu ihrem Mann zurück. Schließlich muss er ihr beim Aufbau der Firma helfen." Karo lachte ihn an.

„Hast du es deshalb vorgeschlagen?"

„Nein, es fiel mir gestern spontan ein. Auch wenn du mich am liebsten gefressen hättest. Aber es ist bestimmt richtig." Karo strahlte eine Sicherheit aus, die Wilhelm fehlte.

Den ganzen Tag über dachte Wilhelm an das Gespräch vom vorigen Abend. Er musste unbedingt etwas unternehmen. Wer weiß, ob seine Schwester von sich aus, zu Horst zurückkehren würde, wo sich ihre ganze Kraft auf neue Ideen richtete. Mit der Nachbarschaft hatte sie genug Hilfspersonal, um unbekümmert eine Firma aufzubauen. Je länger er grübelte, desto unwahrscheinlicher hielt er es, das sie in näherer Zukunft aufs Land zog. In der Stadt konnte sie alles viel einfacher erledigen. Also rief er Lydia an und erklärte, dass er noch eine Besprechung hätte und später kommen würde. Am Hauptbahnhof stieg er um und fuhr zu Horst. Da seine Schwester mit ihrer Familie außerhalb wohnte, würde er für die letzte Strecke ein Taxi nehmen. Er meldete sich absichtlich nicht an, um nicht gleich am Telefon von seinem Schwager abgewimmelt zu werden. Denn er musste unbedingt Horst persönlich sprechen.

Leider hatte er seinen Plan ohne die Übermüdung gemacht. Eigentlich wollte er sich während der Fahrt ein paar Argumente zurechtlegen. Doch das Rattern der Räder schläferte ihn ein.

„Aussteigen, Endhaltestelle." Wilhelm fuhr hoch. Vor ihm stand ein Schaffner, der durch den Zug lief, liegen gebliebene Sachen einsammelte und die letzten Fahrgäste hinaus scheuchte.

Wilhelm stieg aus und schaute auf den Fahrplan. Der nächste Zug ging erst in vierzig Minuten. Zeit genug, um etwas zu essen. Auf dem Rückweg blieb er lieber stehen und passte genau auf, bloß um nicht wieder einzuschlafen. Natürlich wartete am Bahnhof kein Taxi, sondern er musste es erst herbeirufen.

Statt wie geplant, gegen acht Uhr bei Horst einzutreffen, war es bereits kurz vor zehn. Trotzdem klingelte er mutig. Notfalls würde er seinen Schwager halt aus dem Bett jagen. Immerhin ließ seine Familie ihn auch nicht mehr zur Ruhe kommen.

„Wilhelm, du?" Horst schaute überrascht.

„Ich muss dich sprechen."

„Hältst du es nicht mehr aus? Du hast lange durchgehalten. Länger, als ich gedacht habe." Horst führte ihn ins Wohnzimmer, bevor er aus der Küche Gläser und Bier holte. Seine fünfundvierzig Jahre sah man ihm nicht an. Er war ein drahtiger Marathonläufer. Nur seine dunklen Haare waren von silbernen Fäden durchzogen.

„Du musst deine Familie unbedingt wieder abholen. Meine Wohnung ist viel zu klein für so viele Menschen."

„Schmeiß sie raus."

„Dann zieht Lydia zu Hanne nach Wien oder zu Paul oder zu einer Freundin. Nein, das ist keine Lösung."

Horst zuckte die Schultern. „Sie hat mich sitzenlassen."

„An Eheproblemen sind beide schuld. Außerdem bestehen Beziehungen aus Arbeit." Er hatte gut reden, was wusste er schon davon? Allerdings hatte er in den letzten Wochen viel Zwischenmenschliches gelernt. Eine Weile schwiegen sie sich an.

„Und du? Willst du deine Familie nicht wieder zurückhaben? Wenn sich ein Paar trennt, ist es eine Sache. Aber die Kinder? Die brauchen beide Eltern. Sie vermissen dich schrecklich. Alle, selbst Lydia. Auch wenn sie es nicht zugibt." Dann erzählte Wilhelm von seiner Not, ebenso von Lydias neu erlernten Fähigkeiten. „Sie traut sich nicht zurück", schloss er.

„Hm." Mehr sagte Horst nicht. „Du bleibst hier. In der Nacht kommst du gar nicht mehr zurück. Ich kann dich unmöglich auf einem Bahnhof schlafen lassen." Also bereitete er das Gästebett im Kinderzimmer für Wilhelm, lieh ihm einen Schlafanzug und fand sogar im Badezimmerschrank noch eine verpackte Zahnbürste.

Inzwischen gab Wilhelm Lydia Bescheid, dass er in der Nacht nicht zurückkommen würde. „Ich bin bei einem Freund und habe leider die letzte Bahn verpasst."

„Ich habe mich seit Stunden gesorgt."

Wilhelm lachte. „Wie häufig mussten Horst und ich uns in letzter Zeit um dich Gedanken machen?"

Das erste Mal seit Wochen schlief er wieder gut und wachte morgens ausgeruht und ohne Rückenschmerzen auf. Dass er um fünf Uhr früh mit der ersten Bahn losfahren musste, störte ihn nicht. Auch nicht, dass ihm Horsts Oberhemd etwas zu klein war. Zum Glück verdeckte die Krawatte den offenen Kragenknopf.

Im Firmenbus hörte sich Wilhelm geduldig die Beschwerden vom Auszubildenden über die Marketing-Abteilung an.

„Wie lange sind Sie denn noch dort?", fragte er.

„Bis zum Ende des Monats."

„Dann haben Sie es bald überstanden", tröstete er ihn. „Und wohin gehen Sie dann?"

Finn verzog sein Gesicht. „In die Buchhaltung. Dort darf man nur Ablage machen."

„Nicht nur die Auszubildenden. Alle müssen Ablage machen. Das ist leider so. Dafür gewinnt man einige betriebswirtschaftliche Erkenntnisse und die braucht ein künftiger Chef", erklärte Wilhelm.

Herr Rother beobachtet die ganze Zeit Wilhelm interessiert.

„Seit wann spielen Sie Kummerkastentante?", spottete er.

Wilhelm sah ihn überrascht an. „Wohl seit ich täglich Gespräche mit meinen Neffen führe."

„Die haben aber einen großen Einfluss auf Sie. Wie alt sind die?"

„Vier und fast zwei Jahre", erklärte Wilhelm.

Rother blieb vor Staunen der Mund offen stehen.

„Schließen Sie Ihren Mund, sonst bekommen Sie eine Lungenentzündung", kommentierte Finn. „Herr Petermann ist in Ordnung, man muss ihn nur zu nehmen wissen. Dem Sohn der Putzfrau gibt er Nachhilfe, und ich werde den Niederlassungsleiter bitten, ob Herr Petermann den Unterricht für die Azubis übernimmt." Finn gab gern mit seinen Beziehungen zur Firmenleitung an. Schließlich war er durch den Tennisfreund seines Vaters in den Betrieb gelangt.

In der Firma traf Wilhelm auf dem Flur den Niederlassungsleiter. „Gut, dass ich Sie treffe, Herr Petermann. Ihr Vorschlag, das Mahnwesen zu reformieren, halte ich nach reiflicher Überlegung für nicht durchführbar."

„Herr Weber, ich habe es mit dem Buchhaltungsleiter besprochen, und Herr Borsig fand meine Idee gut", verteidigte Wilhelm seinen Vorschlag.

„Mir hat er gestern gesagt, Sie hätten sich nicht genügend Gedanken darüber gemacht", sagte Herr Weber von oben herab.

„Aber Herr Weber, wir haben Kunden, die ein Jahr oder länger nicht zahlen. Das kostet viel Geld, da müssen wir ganz einfach etwas unternehmen. Und warum sollen unsere Außendienstmitarbeiter nicht ausgesuchte Kunden persönlich um Zahlung bitten? Bei kleinen Beträgen natürlich nicht, aber wir müssen mit unseren Mahnungen schneller und druckvoller werden, nicht mehr so lange warten." Wilhelm sprach eifrig. „Was kostet der Versuch?"

„Na gut, ich werde mit dem Personalchef darüber sprechen", knurrte Herr Weber.

Kaum hatte Wilhelm seine Stifte und Mappen der Reihe nach auf den Schreibtisch gelegt, stürzte die alte Frau Stankowitz auf ihn zu.

„Sie müssen mir helfen, der Computer macht Fehler."

Geduldig ging Wilhelm zu ihrem Schreibtisch und erklärte den Vorgang. Sie dachte, der Computer würde die Fehler allein korrigieren, häufig hatten Kollegen versucht, es ihr beizubringen. Zum Glück würde sie bald in Rente gehen.

„Am besten übernimmt Frau Witkuhn die Auslandskunden", überlegte Wilhelm.

„Ich habe zu viel zu tun", wehrte sich Frau Witkuhn.

„Sie könnten etwas an Frau Stankowitz abgeben. Aber vielleicht haben Sie eine andere Idee. Natürlich müssen wir es zuerst mit Herrn Borsig besprechen", erklärte Wilhelm und machte sich über seine eigene Arbeit her.

Später besprach er mit Herrn Borsig das Problem Auslandskunden und zusammen mit Frau Stankowitz und Frau Witkuhn verteilten sie die Arbeit neu.

Am nächsten Tag ließ der Personalchef Wilhelm rufen.

„Herr Petermann, wie Sie wissen, wird Herr Borsig bald in Rente gehen. Bisher wollte ich mich dann auf die Suche nach einem neuen Mitarbeiter begeben. Nun haben sich die Umstände geändert. Würden Sie die Leitung der Buchhaltung übernehmen? Ein zuverlässiger Mitarbeiter waren Sie schon immer, aber Ihnen fehlten die Durchsetzungskraft und die Flexibilität einer Führungskraft. Da Sie sich in der letzten Zeit erstaunlich geändert haben, denke ich, Sie werden in diese neue Aufgabe hineinwachsen. Herr Borsig befürwortet dies", erklärte er und bot Wilhelm Kaffee an.

Wilhelm war völlig überrascht. Bisher hatte er sich keine allzu große Hoffnung gemacht, Herrn Borsigs Nachfolge anzutreten, obwohl er der einzige Bilanzbuchhalter war, wenn Herr Borsig ging. Aber er wusste genau, was die Kollegen von ihm hielten. Nach den Erfahrungen zu Hause mit Lydia und den Kindern waren ihm selbst Zweifel an seinen Fähigkeiten und seiner Flexibilität gekommen. Daher erbat er sich eine Bedenkzeit aus.

Auf dem Nachhauseweg nahm er seinen ganzen Mut zusammen. Er fuhr zu Karos Kaufhaus und besuchte sie bei den Damenmoden. Karo war völlig überrascht.

„Entschuldige, wenn ich dich störe, ich will dich nicht lange von der Arbeit abhalten. Aber hast du heute Abend schon etwas vor?"

„Nein, aber ich bin erst gegen neun Uhr zu Hause."

„Lass uns zusammen essen gehen", schlug Wilhelm vor. Karo stimmte zu, warnte allerdings, dass sie dann recht müde sei.

Wilhelm hingegen war richtig erfrischt, nachdem er Hannibal ausgeführt hatte. Lydia hatte recht, durch das regelmäßige Spazierengehen nahm er ab. Inzwischen musste er sich einige neue Hosen kaufen. Lydia achtete darauf, dass sie nicht ganz so spießig und altmodisch wie ihre Vorgänger aussahen. Wilhelm merkte auch, wie er körperlich leistungsfähiger wurde. Er nahm es erstaunt wahr, hatte er es bisher seinem Alter und nicht dem Übergewicht und seiner Bewegungsarmut zugeschrieben.

In dem französischen Restaurant, in das er Karo führte, erzählte er ihr von dem Gespräch im Personalbüro.

„Was soll ich jetzt machen? Vor zwei Monaten hätte ich es mir nicht zugetraut. Fachlich ist es kein Problem, aber die Kollegen? Nach meinen Erfahrungen mit Lydia und den Kindern bin ich für die menschliche Seite der Position ungeeignet", gestand Wilhelm.

Karo lächelte. „Ich finde, du hast dich großartig geschlagen. Dein Schwager hat es nicht geschafft. Es war zwar etwas chaotisch, aber du hast dich durchgebissen und viel Erfahrung gesammelt."

„Ohne deine Hilfe und die von Frau Beierlein, hätten wir uns gegenseitig umgebracht", wandte Wilhelm ein.

„Das ist Mitarbeiterführung. Die Arbeit musst du delegieren, du kannst nicht alles selbst machen." Sie stocherte im Salat herum.

Wilhelm dachte darüber nach. „Vielleicht hast du recht", murmelte er schließlich.

„Man sollte auch mal etwas wagen. Du gehst zu sehr auf Nummer sicher." Karo lachte. „Was kann dir denn im schlimmsten Fall passieren? Du schaffst es nicht und bittest, abgelöst zu werden, oder suchst dir in einer anderen Firma Arbeit. Als erfahrener Bilanzbuchhalter findest du garantiert was."

Danach ließen sie das Thema fallen und genossen das Essen. Karo erzählte amüsant von ihren Aufenthalten in Paris und der Bretagne. Wilhelm hörte ihr gespannt zu. Mit jeder Minute wurde er beschwingter. Zum ersten Mal in seinem Leben hatte er eine Frau ausgeführt. Und sie stand nicht gleich gelangweilt auf, sondern unterhielt sich prächtig mit ihm.

Ende gut, alles gut
In den folgenden Tagen arbeitete Lydia fleißig für die Ausstellung. Sie telefonierte viel herum, sprach mit der Tageszeitung, dem Anzeigenblatt und dem lokalen Internet-TV. Schließlich fiel ihr eine Klassenkameradin ein, die Journalistin geworden war und überredete sie, vorbeizuschauen und einen längeren Artikel für eine große Zeitung zu schreiben.

Bevor Lydia wegging, brachte sie die Kinder stets zu Frau Beierlein oder sie wartete, bis Wilhelm daheim war.

„Für deine Musikband habe ich auch etwas in Aussicht", erklärte sie, als sie Wilhelm die Kinder übergab.

„Die Jungs sind längst nicht so weit", winkte Wilhelm ab.

„Macht nichts. Das soll kein Großkonzert im Olympiastadion werden, sondern nur eine kleine Sache. Ich werde morgen mal mit Dirk reden." Dann lief sie fröhlich weg. Wilhelm schaute ihr sorgenvoll nach, wurde allerdings gleich von Nico abgelenkt.

„Machst du Pudding? Mama hat gesagt, das kannst du", sagte er.

„Wieso ich? Das habe ich noch nie gemacht", versuchte Wilhelm abzuwehren. Vergeblich.

„Doch, komm mit!" Nico zerrte Wilhelm in die Küche. Dort lagen zwei Packungen Götterspeise auf dem Tisch.

„Die da." Nico nahm einen Pudding und riss gleich die Verpackung auf.

Wilhelm nahm dem Jungen den Beutel aus der Hand, bevor er gehorsam die Gebrauchsanweisung durchlas. „Na, das werden wir wohl hinkriegen", erklärte er erleichtert und setzte das Wasser auf.

Ganz so einfach war es wohl nicht, denn statt der roten und der grünen Schicht erhielten sie eine dreckig grüne Einheitsmasse.

„Macht nichts, das nächste Mal klappt es", tröstete Nico.

„Hunger", stellte Sascha fest.

„Erst einmal muss der Pudding abkühlen, wir können ihn nachher essen." Wilhelm schob die Schüssel in den Kühlschrank.

Dann reinigte er den Küchentisch. Nico wirbelte beim Versuch, den Boden zu fegen, das ganze Pulver durch die Küche.

„So, und was wollt ihr essen?", fragte Wilhelm.

„Heiße Hunde", erklärte Sascha.

„Was?", staunte Wilhelm.

„Mama hat gesagt, es gibt heiße Hunde. Würstchen", fügte Nico hinzu. Er öffnete den Vorratsschrank und zeigte in ein oberes Fach.

Tatsächlich hatte Lydia die Zutaten für Hot Dogs besorgt. Wilhelm nahm Brötchen und Röstzwiebeln in die Hand und musterte sie missbilligend.

„Wollt ihr nicht lieber Cornflakes haben? Die heißen Hunde soll eure Mama machen. Das kann ich nicht." Er packte die Sachen wieder zurück.

„Ist ganz leicht", meinte Nico.

„Das hast du beim Pudding auch gesagt", lehnte Wilhelm ab. Das Argument zog. Nico gab sich geschlagen und war mit Cornflakes einverstanden. Der Pudding hinterher war leider etwas sehr flüssig, deshalb ließen sie den Rest für den nächsten Tag stehen.

Sie hatten gerade aufgegessen, als es klingelte. Frau Beierlein stand mit einem Wäschekorb vor der Tür.

„Waschen und bügeln Sie etwa immer noch für uns?", fragt Wilhelm geschockt.

„Nein, nein, aber Lydia bügelt es oben bei mir, weil da mehr Platz ist. Währenddessen spiele ich mit den Kindern", wiegelte sie ab.

„Was sollten wir bloß ohne Sie machen?", fragte Wilhelm. Lydia musste sich unbedingt eine Belohnung für Frau Beierlein einfallen lassen. Sie konnte die alte Dame doch nicht dauernd ausnützen.

„Ich werde die Kinder vermissen, wenn sie wieder zu Hause sind", seufzte Frau Beierlein. „Sie haben so viel Schwung in unser Leben gebracht. Ja, ja, auch in Ihres."

„Haben Sie Hoffnung, dass die Belagerung irgendwann überstanden ist?" Wilhelm schaute sie aufmerksam an.

„Bald. Ihre Schwester ist endlich erwachsen geworden. Inzwischen kommen ihr Zweifel, ob ihr Mann wirklich so ein Ungeheuer ist, wie sie bisher erzählt hat." Frau Beierleins Lebenserfahrung sprach daraus.

„Davon habe ich bis jetzt nichts gemerkt." Wilhelm dachte an seinen Schwager. Der war ohne Familie erheblich besser dran. Der Abschied neulich war nicht sehr ermutigend gewesen. Horst war am Morgen auf Wilhelms Fragen nicht eingegangen, sondern wechselte das Thema.

„Sie hat mich heute Morgen gefragt, ob ich sie besuchen und auch einmal über ein Wochenende bei ihr einhüten würde, das täte sie nicht, wenn sie nicht wieder zurückgehen wollte." Frau Beierlein lächelte und klopfte Wilhelm aufmunternd auf die Schulter.

„Und Sie haben gleich zugesagt?" Wilhelm schüttelte fassungslos den Kopf.

„Ich habe gesagt, dass ich gerne komme, wenn ich Zeit habe. Schließlich hüte ich manchmal meine Enkelkinder."

Einen Tag später holte Karo ihn ab, da sie gemeinsam im Stadtpark Hannibal ausführen wollten.

Vor der Tür kniete Herr Koch im Garten und jätete Unkraut. „Helfen Sie Frau Beierlein? Wie schön!", rief Karo.

„Der alten Dame können wir unmöglich zumuten, durch den Garten zu kriechen. Ihr fällt das Bücken schwer. Und ihre Schwester hat es kürzlich gut gemeint, aber sie hat davon keine Ahnung."

Wilhelm fühlte sich gleich schuldbewusst, weil Lydia die Nachbarin so ausnutzte und zu allem Überfluss die Blumen herausgerissen hatte.

„Außerdem arbeite ich gern im Garten. Früher, als meine Frau noch lebte, hatten wir einen Schrebergarten. Aber für mich allein war er zu groß", fuhr Herr Koch fort.

„Somit ist ja allen geholfen. Frau Beierlein muss sich nicht beim Bücken abquälen, und Sie kommen zu einem kleinen Garten." Karo nickte ihm zu, dann gingen sie zum Stadtpark.

„Deine Schwester ist für die Hausgemeinschaft unbezahlbar." Sie blieb an einem Schaufenster stehen und betrachtete die Krimis in der Auslage.

„Weil sie die Hälfte der Mieter zur Kinderbetreuung einspannt? Vorgestern musste Dirk mit den Kindern in die Eisdiele gehen, weil Lydia einen wichtigen Termin mit irgendeinem Politiker hatte."

„Oh, hat sie jetzt die Kanzlerin eingeladen?", witzelte Karo. Sie beeilten sich, bei Grün über die Ampel zu kommen. Leider hatte Hannibal andere Vorstellungen von einem Spaziergang und blieb an der Laterne und am Ampelmast stehen, um zu schnuppern.

Wilhelm lachte. „So schlimm ist es nicht. Nein, irgendein Stadtteilpolitiker. Ich wusste nicht einmal, dass es ihn gibt, und sie ist mit ihm in ein Café gegangen."

Bei der zweiten Grünphase schafften sie es bis zur Straßenmitte, dort weigerte sich der Hund weiterzugehen. Als Wilhelm an der Leine zog, sagte ein Passant: „So eine Tierquälerei. Wer legt seinem Hund noch ein Halsband um? Ein Verbrechen. Wenn man nichts von Hunden versteht, sollte man sich keine anschaffen."

Um nicht den gesamten Feierabendverkehr aufzuhalten, hob Wilhelm den Widerborstigen hoch. „Blöder Köter", murmelte er dabei.

„Dank Lydia kennt sich jetzt fast die gesamte Hausgemeinschaft. Und es wird nicht nur gegrüßt, sondern auch geholfen. Leonhard, ein Junge aus der Wohngemeinschaft, hat Frau Beierlein gestern die Waschmaschine repariert."

Wilhelm zog die Augenbrauen zusammen. „Die gar nicht kaputt gegangen wäre, wenn Frau Beierlein nicht ständig unsere Wäsche waschen müsste."

Karo grinste. „Dafür kannst du für Frau Beierlein die Steuererklärung machen, dann braucht sie keinen Berater."

„Lieber nicht", wehrte Wilhelm erschrocken ab.

„Komm, Lydia sagt, du machst sie für dich und deine Musikerfreunde auch." Sie blieb beim Teich stehen und beobachtete ein paar Kinder, die Enten jagten.

Wilhelm zuckte die Schultern. „Es geht mir nicht um die Arbeit. Aber ich habe kein Recht, Einblick in Frau Beierleins Verhältnisse zu nehmen." Sie schlenderten langsam weiter und ließen dem Hund Zeit, überall das Bein zu heben.

„So schlimm wird es bei ihr nicht sein. Sie wird kaum Gelder in die Schweiz schmuggeln."

Hannibal sträubte das Nackenfell und knurrte. Wilhelm schaute sich suchend um. Eine große Bulldogge näherte sich von hinten. Sie lief ohne Leine ein paar Meter vor ihrem Herrchen.

„Der ist zu groß für dich", murmelte Wilhelm und zerrte Hannibal an einer Weggabelung in die andere Richtung. Ohne an den guten Vorsatz, ihn nicht zu würgen, zu denken.

„Herr Koch hatte bisher nie daran gedacht, Frau Beierlein Hilfe anzubieten."

„Er will sie bestimmt überreden, seinen Antrag, mir zu kündigen, zu unterschreiben."

„Er braucht Ruhe, er erholt sich von einem Herzinfarkt."

„Und dann machen wir auch noch so viel Lärm." Wilhelm war sofort zerknirscht. Drei Kinder plus Hund plus Katze waren einfach zu viel in der kleinen Wohnung.

„Oh, er hat Frau Beierlein erklärt, er liebt Kinder und freut sich, wenn er seine Enkel besuchen kann. Und die Drei von deiner Schwester findet er süß."

„Obwohl sie den Garten verwüstet haben?"

Hannibal zerrte mit aller Kraft in die andere Richtung. So sehr, dass er es schaffte, durch das Halsband zu schlüpfen. Bellend rannte er der Bulldogge hinterher.

Wilhelm schaute fassungslos auf das leere Halsband und folgte dem Hund laut rufend. „Hannibal, Hannibal."

Wie sollte er Lydia und den Kindern den Verlust von dem Hund erklären? Ob von ihm etwas übrig blieb, wenn die Tiere sich bissen? Keuchend rannte er zum Hauptweg. Die Bulldogge sah er in der Nähe des Ausgangs. Hannibal hatte sie fast erreicht.

Hannibal kläffte weiterhin. Die Bulldogge blieb stehen und wartete auf ihn.

Warum tat der Hundebesitzer nichts? Er musste doch mit seiner Bestie verschwinden! Gab es hier in der Nähe einen Tierarzt? Warum hatte er sich nicht früher danach erkundigt?

Hannibal wurde ruhiger. Schwanzwedelnd näherte er sich dem größeren Tier und die beiden beschnupperten sich. Als Wilhelm Hannibal einholte, hatten die Hunde die Begrüßung beendet und liefen, bevor er sich bücken konnte, gemeinsam über die Wiese.

„Puh, gut gegangen." Wilhelm blieb schweratmend vor dem Herrchen stehen.

„Oh, Queenie ist sehr verträglich. Sie liebt Artgenossen. Rüden natürlich besonders." Der jüngere Mann grinste Wilhelm an.

„Und Hannibal spielt den großen Max. Viel Gekläffe, wenig Schneid. Aber ich weiß nie, wie die anderen Hunde darauf reagieren."

Karo näherte sich gemächlich. „So viel Auslauf hat Hannibal wohl nie gehabt."

„Ich auch nicht", knurrte Wilhelm. „Dabei haben sie einen großen Garten. Aber er liegt wahrscheinlich nur auf der Terrasse und wartet auf Futter."

„Wir können uns ab und zu treffen, dann können die Hunde miteinander spielen", schlug der Herr vor und sie vereinbarten gleich für Samstag eine Uhrzeit.

Gleich am nächsten Tag führte Wilhelm in der Firma längere Gespräche. Erst mit Herrn Borsig und dann mit dem Personalchef. Sie beschlossen, dass Herr Borsig ihm nach und nach mehr von der Arbeit übertragen sollte, damit er langsam in die neue Aufgabe hineinwachsen konnte.

Als er ging, traf er die Putzfrau.

„Herr Petermann, Sie haben Wunder vollbracht. Der Lehrer sagen, Waldemar haben sich völlig geändert, wenn er so weitermachen, schaffen er Versetzung und kann auf Hauptschule gehen." Sie strahlte glücklich und drückte Petermann an ihren üppigen Busen. Wilhelm schreckte zurück und entwand sich vorsichtig.

„Dann wollen wir hoffen, dass wir ihn bei der Stange halten können", meinte er sachlich.

„Der Tischler versprechen Waldemar, dass er machen im nächsten Schuljahr bei ihm Praktikum", fuhr Frau Müller fort.

„Das gibt ihm bestimmt Auftrieb. Wie gut, dass es einen netten Tischler gibt", betonte Wilhelm und räumte den Schreibtisch auf.

„Und Sie, Sie sprechen mit Lehrer und geben Waldemar Nachhilfe", lobte Frau Müller.

Wilhelm wehrte verlegen ab, dann eilte er, um den Busfahrer nicht warten zu lassen.

Daheim saß Lydia auf dem Spielplatz und unterhielt sich mit Dirk.

„Hallo, Herr Petermann", grüßte ihn Dirk. „Wir genießen die Sonne, setzen Sie sich zu uns."

Wilhelm nickte und ließ sich nach einen kritischen Blick auf die Bank vorsichtig nieder.

Lydia lachte. „Er kann nicht aus seiner Haut. Ja, die Bank ist dreckig. Ich hätte dir längst ein Sitzkissen schenken sollen. Aber deine neuen Hosen sind alle waschbar", tröstete sie. Dirk lachte mit und Wilhelm stimmte zaghaft ein.

Sascha kam angelaufen. In der Hand hielt er ein dreckiges Plastikauto. „Apel", forderte er, hielt sich an Wilhelms Bein fest und sah seine Mutter an. Lydia zog eine Plastiktüte hervor und reichte ihm ein Apfelstückchen. Wilhelm versuchte Saschas Hand von seiner Hose zu entfernen. Erreichte aber nur, dass Sascha das Auto auf seinem Schoß abstellte und nach dem Obst griff.

Seufzend wischte Wilhelm die Hose ab. Vergeblich. Der nasse Kies hinterließ gelbe Flecken.

„Ihre Schwester hat einen Auftritt für uns organisiert", erklärte Dirk.

„Jetzt schon?", zweifelte Wilhelm und schaute Lydia vorwurfsvoll an.

„In zwei Monaten, und sie spielen nur zwei Stücke. Das Freizeitheim organisiert ein Konzert mit Nachwuchsbands. Das ist die Gelegenheit Erfahrung zu sammeln." Lydia zog ein Taschentuch aus der Tasche und putzte Nico die Nase.

„Hast du das Freizeitheim dazu überredet?", argwöhnte Wilhelm.

„Ja, schließlich haben sie Räume zum Proben, da müssen die Kids auch einmal auftreten dürfen. Und ihr großer Saal wird für Discos benutzt. Dort findet das Konzert statt", erklärte Lydia.

„Bis dahin haben wir zwei perfekte Stücke", sagte Dirk selbstbewusst. „Ihre Kritik hat uns richtig weitergebracht."

„Jetzt hast du endlich eine Aufgabe gefunden, die dir liegt. Horst wird glücklich sein, wenn du zielstrebig an etwas herangehst, statt ewig herumzuflippen", meinte Wilhelm, als Dirk gegangen war.

„Ich glaube wirklich, dass das etwas für mich ist. Aber Horst? Ob wir tatsächlich zusammenpassen?" Lydia biss sich auf die Lippe. Sie war nachdenklich. So kannte Wilhelm sie gar nicht.

„Einen Mann, der dich so vergöttert und verwöhnt, wirst du nicht wieder finden", stellte er fest.

Lydia nickte bekümmert. „Wer weiß, ob er mich noch will."

„Du solltest zu ihm gehen und dich entschuldigen", schlug Wilhelm vor.

„Ich weiß nicht", flüsterte Lydia.

Endlich schien die Sonne. Lydia hängte mit Frau Beierlein die Wäsche auf. Wilhelm war wieder in der Garage. Er hatte ernsthaft überlegt, sich Ohrenschützer mitzunehmen, aber Lydia hatte ihm das streng verboten. Selbst Ohrstöpsel hatte sie ihm untersagt. „Du wirst schon keinen bleibenden Hörschaden erleiden, wenn du eine halbe Stunde Lärm erträgst", hatte sie herzlos erklärt.

„Wann fahren Sie nach Hause?" Frau Beierlein schüttelte ein Handtuch aus.

„Ich weiß nicht. Keine Ahnung, ob Horst mich wieder aufnimmt." Lydia streckte sich, um ein Bettlaken glatt aufzuhängen.

„Natürlich, Kindchen, aber Sie müssen den ersten Schritt tun. Schließlich sind Sie weggelaufen. Obwohl ich zugeben muss, dass die Flucht Ihnen gut bekommen ist. Sie haben erst hier gelernt, mit Ihren Kindern umzugehen und Verantwortung zu tragen", erklärte Frau Beierlein resolut.

„Und einen Haushalt zu führen, das verdanke ich Ihnen. Darf ich Sie morgen zum Mittagessen einladen? Sie haben uns ganz häufig bekocht. Jetzt bin ich einmal an der Reihe." Lydia bückte sich und pustete Saschas Finger, den er in einer Klammer geklemmt hatte und ihr weinend hinhielt.

„Ja, gern", nahm Frau Beierlein die Einladung an. Seit Lydia in ihr Leben eingebrochen war, fühlte sie sich endlich wieder gebraucht und viel jünger als vorher. Lydia lieh sich das Fahrrad aus und fuhr einkaufen, während Frau Beierlein die Kinder hütete. Lydia war derart in Fahrt, dass sie am Nachmittag auch Karo einlud.

„Wo willst du alle unterbringen? Und was kochst du? Serbische Bohnensuppe aus der Dose?", fragte Wilhelm, als er davon erfuhr.

„Wieso, vier Leute passen um deinen Küchentisch, oder sollten wir lieber im Wohnzimmer essen? Das ist stillvoller, aber der Couchtisch eignet sich wohl schlecht", überlegte Lydia. Sie runzelte die Stirn und dachte angestrengt nach.

„Wieso vier? Wir sind vier, dazu kommen Karo und Frau Beierlein. Aber sechs Personen passen weder ins Wohnzimmer noch in die Küche."

„Nein, die Kinder mögen sowieso nur Nudeln oder Pommes frites. Die bekommen ihre Spaghetti mit Ketchup um zwölf in der Küche, dann kann ich gleichzeitig kochen, und wir essen um eins Coq au Vin", plante Lydia.

„Und Anna-Lena?", wollte Wilhelm wissen.

„Ich hoffe, du fütterst und wickelst sie, dass schaffe ich nicht nebenbei", gestand Lydia.

Der gutmütige Wilhelm lachte und versprach, nicht nur seine Nichte zu versorgen, sondern auch mit dem Hund zu toben, damit er müde im Flur schlief und nicht beim Essen die Gäste anbettelte. So konnte Lydia beruhigt alles vorbereiten.

Am nächsten Vormittag wirbelte Lydia durch die Küche. Wilhelm räumte mit den Kindern die Wohnung auf und ließ die Jungen staubsaugen. Jeder durfte ein Stück den Staubsauger schieben, den Wilhelm am hinteren Ende der Stange krampfhaft festhielt. Mit zusammengebissenen Zähnen versuchte er, die schlimmsten Kratzer an den Möbeln zu verhindern. Die Wohnung hatte unter der Invasion seiner Verwandten ganz erheblich gelitten. Selbst Frau Beierleins Möbelpolitur half nicht überall.

Hannibal fing wie wild zu bellen an und gleich darauf klingelte es an der Tür.

Sascha stolperte los und öffnete. Wilhelm beeilte sich und kontrollierte, wen Sascha einließ. Erstaunt legte er das Staubtuch aus der Hand.

„Horst, du?"

„Guten Morgen, ich wollte sehen, was meine Familie macht", weiter kam Horst nicht. Nico fiel ihm mit Indianergeheul um den Hals. Es dauerte eine Weile, bis der Junge sich wieder beruhigt hatte.

Dafür war Sascha umso ablehnender, misstrauisch beäugte er seinen Vater. Erst als Horst ihn nicht mehr beachtete, näherte er sich.

„Lydia kocht", erklärte Wilhelm und schob seinen Schwager in die Küche. Dann schnappte er sich die beiden Jungen und das Baby. Gemeinsam führten sie Hannibal in den Stadtpark, damit die Eheleute sich in

Ruhe aussprechen konnten. Dort traf er wieder auf die Bulldogge und die Hunde jagten über die Wiese und tobten, bis Hannibal ganz erschöpft war. Währenddessen spielten die Jungen mit dem Bulldoggenbesitzer Fußball.

Selbst als sie zurück waren, ließ Wilhelm die Kinder nicht in die Küche, sondern las ihnen vor.

Nach einer Weile erschien Horst im Wohnzimmer.

„Lydia ist in ihrem Element, sie plant und organisiert. Bei der Vorbereitung für Feste wächst sie über sich hinaus", erklärte er.

„Für den Kleinkram fühlt sie sich nicht zuständig. Ich befürchte, wir haben sie auf die Führung eines Haushalts nicht ausreichend vorbereitet. Aber meine Nachbarin hat es jetzt nachgeholt. Sie hat Lydia gezeigt, wie man bügelt und Fenster putzt", entschuldigte sich Wilhelm.

„Dafür haben wir unsere Frau Schröder. Aber ich bin ganz überrascht, euch wohlbehalten vorzufinden. Ich dachte, deine kleine Wohnung sähe aus wie eine Müllhalde, und du würdest längst im Hotel wohnen."

„Hatte ich dir neulich gesagt. Du hast mir nicht geglaubt." Wilhelm lachte herzhaft. „Soweit war ich am Anfang fast. Zum Glück haben mich zwei Nachbarinnen gerettet", gab er zu.

„Ihr habt euch gemacht. Lydia empfindet Verantwortung für sich und die Kinder, und du hast trotz der abgerissenen Tapete keinen Nervenzusammenbruch erlitten." Horst schlug seinem Schwager anerkennend auf die Schulter.

„Holst du deine Familie ab?"

„Ja, ich habe mit Lydia gesprochen. Nach dem Essen packen wir alles ein und fahren weg. Dann kannst du dich erholen."

„Und endlich wieder im Bett schlafen. Das Sofa ist reichlich unbequem", gestand Wilhelm. Er richtete sich auf, dehnte den Rücken und rieb seinen Lendenbereich.

„Lydia ist reichlich rücksichtslos gewesen", stellte Horst fest.

„Sie meinte, es wäre meine Schuld, weil ich mir ein unbequemes Sofa gekauft habe." Wilhelm grinste, als er an Lydias Überfall dachte.

Obwohl es zum Mittag etwas eng wurde, weil eine Person mehr am Couchtisch saß, und die Jungen natürlich keinen Mittagsschlaf machten, sondern dabei sein wollten, wurde es sehr gemütlich. Lydias Essen schmeckte ausgezeichnet und die Stimmung war ausgelassen.

„Haben Sie die beiden überhaupt wiedererkannt?", fragte Frau Beierlein Horst.

„Die haben sich wirklich sehr verändert. Ich habe gestaunt", gab Horst zu.

„Ich hoffe, Sie unterstützen Lydias erste Gehversuche in die Selbstständigkeit. Ich gebe einer Firma, die Veranstaltungen organisiert, eine große Chance", erklärte Karo.

„Wenn ihr das Spaß macht, warum nicht. Ich hätte vielleicht sogar ein oder zwei Aufträge für sie", sagte Horst.

„Woher?" Lydia schaute Horst gespannt an. „Du konntest doch gar nichts davon wissen."

„Nein, habe ich auch nicht. Aber einer meiner Klienten baut ein neues Büro, da müsste bald Richtfest sein. Ich kann ihn fragen, ob du das ausrichten kannst", schlug Horst vor.

„Du hast nichts dagegen, wenn ich arbeite?", fragte Lydia erstaunt.

„Nein, habe ich nie gehabt. Aber deine Ideen hatten bisher weder Hand noch Fuß."

Sie saßen lange zusammen und unterhielten sich. Erst am späten Nachmittag erhoben sie sich. Frau Beierlein und Karo räumten die Küche auf. Horst half Lydia beim Packen, und Wilhelm ging ein letztes Mal mit den Kindern und Hannibal in den Park zum Enten Füttern. Anschließend hatten sie sogar noch Zeit, daher las er den Neffen eine letzte Geschichte vor.

Endlich war alles im Auto verladen und sie fuhren ab. Noch lange winkten die Kinder den Hausbewohnern zu. Als Wilhelm in die leere Wohnung zurückkam, war es still. Totenstill. Wochenlang hatte sich Wilhelm Ruhe herbeigesehnt und jetzt störte sie ihn. Er nahm die zerfledderte Goethebiografie vom Schrank. Doch als er zum dritten Mal die gleiche Seite las, gab er es auf und stellte sie ins Regal zurück. Stattdessen holte er sein Cello hervor und improvisierte etwas. Seiner Stimmung entsprechend klang es traurig.

Kurz darauf klingelte es. Karo stand vor der Tür. „Wie fühlst du dich?"

„Die Stille ist erdrückend", gestand Wilhelm.

„So hört sich dein Spiel auch an. Lass uns einen Spaziergang machen", schlug sie vor. Lange gingen sie schweigend nebeneinander her.

„Ich wusste gar nicht, dass ich mich wirklich einsam fühlen würde, wenn alle weg sind", meinte Wilhelm.

„Du kannst jederzeit zu mir kommen, wenn dir die Decke auf den Kopf fällt", bot Karo an. „Und Frau Beierlein freut sich bestimmt über ein Gespräch."

„Und da ist Dirk mit seiner Band und Waldemar. Ich weiß. So viel Ruhe wie früher werde ich nie wieder haben."

„Das ist auch gut so", stellte Karo gnadenlos fest.

Sie setzten sich in ein Café und tranken Cappuccino. Es dämmerte längst, als sie zurückkamen. Kaum hatten sie den Hausflur betreten, ging oben eine Wohnungstür auf. „Herr Petermann, ihre Katze ist wieder auf dem Dach!" Herr Koch beugte sich über das Treppengeländer und schaute nach unten. Er schien sie erwartet zu haben.

„Wieso? Ich habe keine Katze." Wilhelm und Karo liefen die Treppe hoch.

„Doch, die schwarz-braune Katze mit dem langen Fell."

„Cleo? Der ist längst daheim und freut sich, endlich wieder Ruhe zu haben", murmelte Wilhelm. Bloß um des Hausfriedens willens, holte er sich den Schlüssel und stieg auf den Dachboden, lehnte die Leiter an und öffnete die Dachluke. Tatsächlich, Cleo saß in der Nähe der Regenrinne und maunzte.

„Wie kommst du hierher?" Wilhelm stöhnte. Musste er wegen des blöden Viechs doch noch die Feuerwehr holen? „Cleo komm, komm", lockte er.

„Ist es wirklich Lydias Kater?" Karo stand unter ihm und hielt die Leiter.

„Ich fürchte schon. Er sieht genauso aus."

„Steig bloß nicht aufs Dach. Der kommt sicher, wenn er Hunger hat."

Karo hatte gut reden. Was sollte er seinen Neffen sagen, wenn das Tier verunglückte? Er hörte Karo die Treppe hinunterlaufen und an einer Tür klingeln.

Vor Verzweiflung stieg er ganz nach oben und lehnte sich hinaus. Jetzt konnte er auf die Straße blicken. Die Autos und Menschen waren ziemlich klein. Ihm wurde schwindelig. Panik erfasste ihn. Krampfhaft hielt er sich an der Fenstereinfassung fest, kniff die

Augen zu und tastete sich langsam mit den Füßen ein paar Sprossen hinunter.

Im Treppenhaus hörte er Stimmen, konnte aber nicht verstehen, was gesprochen wurde. Einen Augenblick später rief jemand aus einem Fenster der Studentenwohnung: „Cleo, Cleo, komm endlich, du dummes Vieh."

Wilhelm öffnete vorsichtig die Augen. Tatsächlich erhob sich Cleo, warf ihm einen verächtlichen Blick zu und stolzierte zur Dachgaube.

Wilhelm seufzte auf. So also hatte sich Lydia dieser unerzogenen Katze entledigt. Er schloss die Luke, kletterte hinunter und stellte die Leiter wieder zurück. Als er die Treppe hinunterlief, warteten Karo und Dirk an der Wohnungstür. Karo hielt Cleo im Arm. Dirk trug den Korb, das Katzenklo, den Fressnapf und das Futter.

„Lydia wollte nicht, dass du dich einsam fühlst, deshalb hat sie den Kater hiergelassen." Dirk stellte das Zubehör in den Flur.

„Die Kinder werden traurig sein." Wilhelm verwünschte seine Schwester. Den blöden Kater konnte er nicht leiden.

„Sie hat ihnen erzählt, dass es sehr viel trauriger wäre, wenn du mutterseelenallein bist."

Wilhelm warf Karo einen verzweifelten Blick zu, den sie anscheinend nicht sah oder zu deuten wusste.

„Oh nein, willst du ihn nicht behalten?", bat er Dirk.

„Nein, nein, das würde mir Lydia nicht verzeihen." Dann grinste Dirk. „Horst hat versucht, sie zu überreden, Hannibal bei dir zu lassen. Er meinte, der Hund habe abgenommen und sehe gesünder aus. Er würde es hier viel besser haben. Aber Lydia meinte zu Recht, dass er nicht den ganzen Tag allein bleiben könnte."

„Aber die Katze soll es?" Welchen Blödsinn würde dieses dämliche Tier anstellen, wenn er arbeiten ginge? Ihm reichte der Schaden, den es trotz Beaufsichtigung angerichtet hatte.

„Horst meinte, er würde nur eins von den Tieren mitnehmen, den Hund oder die Katze, da sie nicht miteinander zurechtkommen."

Karo lachte. „Probiere es aus, vielleicht ist die Katze gar nicht so schlimm, wenn sie in Frieden gelassen wird."

Drei Tage später erhielt Wilhelm einen Brief von Lydia. Von Horst lagen ebenfalls ein paar Zeilen dabei, die Wilhelm zuerst las. „Schicke mir bitte die Malerrechnung. Cleo hat sich wirklich schrecklich benommen." Wilhelm grinste. Ob Horst auch in den folgenden Jahren den Maler bezahlen würde?

Lydia bedankte sich für seine Geduld und Hilfsbereitschaft. Sie hatte einen Gutschein über einen Tanzkurs für zwei Personen beigefügt und schrieb: „Als kleines Dankeschön und damit du weiterhin unter Leute kommst, habe ich den Tanzkurs ausgesucht, der extra für Karo am Sonntagnachmittag stattfindet. Ich hoffe, dass damit dein Kontakt zu Karo erhalten bleibt. Du allein würdest ihn bestimmt bald abbrechen oder schleifen lassen."

Als Wilhelm Karo davon berichtet, lachte sie und meinte, Lydia hätte damit einmal eine gute Idee gehabt, sie würde gerne mit Wilhelm in die Tanzschule gehen. Aber sie würde selbst dafür sorgen, dass der Kontakt zwischen ihr und Wilhelm nicht abbräche.

Und Frau Beierlein erzählte ihm am nächsten Tag, dass Lydia ihr eine Wochenendreise geschenkt hätte.

„Das kann ich doch gar nicht annehmen", sagte sie.

„Sollten Sie aber, schließlich haben Sie Lydia erzogen und dafür gesorgt, dass sie jetzt sogar mit ihren wilden Ideen Geld verdient."

Und da Lydia in Fahrt war, lud sie die gesamte Hausgemeinschaft in vier Wochen zu einem Grillnachmittag auf dem Trockenplatz ein.

Zur Autorin:
Die Hamburgerin Eva Joachimsen liebt Unterhaltungsromane, sowohl zum Lesen, als auch zum Schreiben. Viele ihrer Liebesgeschichten sind in Zeitschriften erschienen. In ihren Tanzromanen verbindet sie ihre Leidenschaft für das Schreiben und Tanzen miteinander. Mehr von ihr auf dem Blog: http://evajoachimsen.wordpress.com